彼岸花

庆山 著

天津出版传媒集团
天津人民出版社

m a n j u s a k a

序言

《彼岸花》是我的第一个长篇小说，写在2000年。那时在上海居住。2000年我出版了自己的第一本书《告别薇安》，是短篇小说集。此阶段更像一个写作的练习期，尝试用各种方法，反复描绘心中一个隐藏而个体的世间。它也许和外部物质世界有关联，但实质是对自己内心黑暗层面的摸索和试探。对当时年轻的我来说，写作是生命体验上重要的表达和磨砺工具。

写作《彼岸花》之前，我没有接受过任何正规写作学习或训练，只是尝试性地写了一些短篇故事。当我告诉自己，要写一个长的东西，我就决定边写边积累经验。实践是最好的学习。在结构、主题、内容、细节、人物塑造上，均从直觉出发。按照自己的意念而定。看起来有些随心所欲，但也因此纯粹而活跃。整部作品凸显的是个体意念、个体意志。

在这本小说里，有情爱、情欲、罪恶、自毁、创伤，也有强烈的爱、怜悯、释放和个体救赎。它像我最初搭建的一个模型。此后的作品，都是在这个模型里做更细化及更深层的处理。

早期作品引起很多纷争。这纷争里面有各种心态。有些人很难接受作者以坦率、一意孤行、尖锐而直接的态度写作，尤其是涉及到人内在的黑暗层面。在无法理解的同时有愤怒产生。有些人则是觉得生气，觉得对方写出自己隐秘的声音。撕开某种心理防备。一个读者曾经对我说，读《彼岸花》的过程中，她觉得难过和恐惧，甚至没有办法入睡。这些心态都是个人投射。但对作者来说，则一律都需要接受。

我也不试图对外界有什么解释或说明。对我来说，写作是自然的生命表达。没有动机，也不虚饰。因为它是源自真诚的个人表达，我不在意别人如何看，如何评价。作者在意的事情是，反复琢磨和填充已经建立起来的写作模型。让它日趋完整及立体。并且持续地深化。《彼岸花》是一个很好的基础。

之后，写了《二三事》《莲花》《春宴》三个长篇。它们都在推进这个过程。

写《彼岸花》的初衷，我想谈论爱。被损害过的、感觉失望的又内心强烈渴望的爱。想谈论人应该如何让自己的生命感觉平和，能够保有本心地去生活。这是年轻的人所关心的。也是保持内心活动的人一生都所关心的。

《彼岸花》是一个出发，当时的我展示了这些，但没有提供答案。我写了这些人，写了他们的生活以及心灵活动。在作品中，我看到那个最初设定的疑问。但那时没有答案。提供答案的能力需要作者的个人成长。在写作将近二十年之后，我似乎可以找到答案。这让我看到自己的坚持。

我是一意孤行的作者，但知道自己的目标是什么。也从未偏离自己的方向。

我对这本长篇小说有很深的感情。它值得被回溯。

庆山

2018年7月5日

目次

Side A 乔

咖啡店里邂逅小至

音像店男人

森的一块硬币

咖啡店里邂逅小至

我是乔。这一年春天，我在上海。

每天在家里写作，同时为数家杂志撰稿，写专栏。让每个字产生反映精神、兑现物质的价值，说来这应是我唯一的谋生技能。收入虽不稳定，但维持生存尚可。

这种生活在旁人的眼里，也许过于随性及缺乏安全感。但对一个长年没有稳定工作且不愿在人群里出没的女子来说，就好像是潜伏在海底的鱼。有的在几百米，有的在几千米，冷暖自知，如此而已。

我是一个生性自由散漫的女子。或者换个角度来说，是一个自私的人。所谓自私的标准是：只按照本性生活。放纵自己不好的习惯：比如长时间睡觉，去附近的酒吧买醉。沉溺于香烟和对虚无的对抗。神情困顿，装束邋遢。常常席地而坐，咧着嘴巴放肆大笑。

有时过分敏感，所以和很多关系格格不入。但对身边的人和事没有太多计较。

不计较与其说是宽容，不如说在大部分的时间里，我对这一切并无兴趣。我漠视除自己关注和重视之外的一切感觉和现象。不容易付出。有享受孤独的需求。

也许这一切特性注定了我只能选择写作。它能让我采取合理的方式逃避某种现实和喧嚣。虽然感觉中，被长期性抑郁症所困扰的人才会从事这种职业。

四月上海依然寒冷，但能够感觉到春天循序渐进。

有时在某一个下午，突然有心情。坐公车出去观望城市的春天。坐最后一排空荡荡的位置，把脚搁到舒服的角度。当车子慢腾腾地行进在因为修路而交通堵塞的马路上，就可以悠闲地欣赏窗外的春光和艳丽女子。平静午后，陈旧的欧式洋楼，晒满衣服的院子，露台的一角开出粉红色的蔷薇，梧桐树的绿色叶片闪烁着阳光，路边英俊的法国男人，在阳光下面微微眯起眼睛，脸上有茫然而天真的神情……

我的快乐都是微小的事情。就像以前曾经喜欢过的一个日本乐队的名字。它叫Every Little Thing。细节是组成幸福的理由。喜欢简单生活。做喜欢的事情。住在喜欢的城市里。最好还能遭遇到喜欢的天气，喜欢的男人和女人。任何一件事情，只要心甘情愿，总是能够变得简单。不会有任何复杂的借口和理由。

这是我信奉的生活原则。

小至出现的那个下午，是个晴天。上海春天的阴冷常常会持续很长时间，在某些时候几乎足够让人丧失对生活的美好希望。可是那天的阳光非常好。金色的阳光似乎能穿越胸膛，抚摸到僵硬的心脏。如同一次重生。

小至说，我们去买DVD。很好的阳光就闪烁在她的头发上。她的头发很凌乱，潦草的，略显褐色，像一大把松软的晒干的海草。一点点化妆也无的女子，穿一件灰黑的棉大衣。里面是黑色厚棉T恤，手腕上系一根红丝线。她穿得很少。然后习惯耸起肩膀做萧瑟的样子。微笑时眼睛和唇角有甜美弧度。平淡年轻的面容散发出薰衣草般的清香味道。

我说，你喜欢什么片子。

太多了，说不清楚。我对它们没有喜欢或不喜欢的选择。演员有Jeremy Irons。喜欢他的眼神。

什么意思？

隐晦，湿答答的。

他最近好像有张新片子对吧。

对。《卡夫卡》。可以去找找。

不奇怪她和我有相同的爱好。虽然Jeremy Irons看过去只是一个孤僻的男人。有着英国人常有的狭窄的瘦脸。鼻翼两侧深长的纹路，一直延伸到唇角。在东方的命相书里，这样的纹路代表着痛苦的隐忍，称之为法令纹。

网上查阅的资料：十三岁寄读于Sherborne School。早先立志当一名兽医，可后来读了大量戏剧书籍，认为舞台更适合于他。

来到布里斯托尔，加入老维克剧院，跟彼得·奥图尔一起演出。一九七一年进军伦敦，先是在街头演出，后在舞台与荧屏上献艺。七十年代后期，开始成名。

雨水绵绵的城市，长年不见阳光。每一棵树都会滋生出潮湿的霉菌。他在夜色的大街上神情潦倒地独自行走。神经质的美感。手指修长，脸色苍白。在主演的电影里，大部分都容易陷入病态的畸恋。他喜欢纵身扑入，虽然姿态优雅，依然常常溃败到底。他的情欲是黑夜中的潮水，汹涌盲目，但是并不肮脏。只是那种无声的绝望，一丝丝，一缕缕地，从他的皮肤，他的头发，他的手指散发出来。渗透在空气里。消失在时间里。

我们收集他所有的片子。《蝴蝶君》《洛丽塔》《爱情重伤》《命运的逆转》《中国匣子》……然后在我的租住屋里，一边喝威士忌加冰奶酪，一边看至深夜。

相信喜欢他的女人会有很多。那些心里有阴影的女人，看着他的眼神，会觉得满足。就好像一间阴暗的屋子，它不是盲人般的黑暗，它是阴暗。安全地，小心翼翼地收藏起自己的欲望。也许这就是区别。多一点就变成了恐惧。少一点就丧失了秘密。我想，我和小至就是这样难以控制自己的女子。

我在上海并未认识太多有趣的女子。我的生活范围狭小，基本上是租住房附近的街区，包括酒吧，电影院，四川菜餐馆，二十四小时营业的小超市，花店，音像店……我不知道人与人之间是否需要紧密的接触，像那些有事没事就碰到一起的人。

他们也许是一些害怕寂寞的人。需要感知皮肤的温度和气味的包围，这样可以不用面对心脏上的破洞。而我觉得，朋友应该是按需要划分的，并且根据这种需要彼此采取合适的方式。比如有些朋友专门用来聊天，你就不要去向他借钱。有些朋友只可以一起做爱，你就把灵魂和身体的距离划分得干净。容易伤害别人和自己的，总是对距离的边缘模糊不清的人。

去参加过几次所谓的派对。地点大部分是选择在五星级酒店。去的人要提供名片，可见这种活动渗透了势利的潜伏因子。一屋子衣着光鲜的情色男女，身份有金融、广告、出版、网络、贸易等各界人士。二百平方米左右的大厅，白衣的侍应生托着放满酒杯的大托盘来回穿梭，请来的乐队在现场演奏，还有主持人在台上插科打诨。很多人在握手，拥抱，亲吻。某个瞬间你会有一个错觉，以为出现在某部场景不是搭得太地道的电影里。

我欣赏那种穿梭自如的女子，因为她们是上海洋化风情的代表。英语流利，眼神清晰。看得清楚自己的未来和值得笑脸相对的人。这些身材高挑、艳光四射的美女，大冬天穿短袖的织锦缎旗袍，裹流苏纯羊毛披肩围巾，却赤足穿一双镶水钻的细高跟凉鞋。肤色胜雪，软语呢哝。有精致的妆容和无懈可击的优雅笑容。

身份暧昧。也许白天出入高级百货公司和位于高尚地段的写字楼。或者白天睡觉，晚上苏醒，夜夜狂欢在Disco和酒吧。她们是真正的时髦女子，享受物质操纵生活，从不迟疑和犹豫。虽然有时候也显得无所适从，脸上有因为渴望占有愈多而愈脆弱的表情。

剩下的就是一些无聊的人，站在一边抽烟喝酒或发呆。大部分是些自得其乐的男人，对自己的孤独不感觉可耻，坐一会儿，然后沉默地离开。

我和那些男人应属同类。只喜欢独自拿一杯酒，挑一盘子杏仁甜点，然后找个僻静的角落，陷在沙发上旁若无人地穷吃。即兴的发挥不是我的强项。我的预热很慢。感情需要很大的安全感才能活泼地施展，所以在陌生人面前我容易麻木不仁。

我想那应该不是拘谨。我很少对人感兴趣。没有欲望只能说是麻木不仁。

租住的房子以前是西区资本家的聚集地。现在已经没落。法国梧桐，红色尖顶洋楼，凸窗有发暗的镂花麻布窗纱，斑驳的露台铁栏杆和花园。马路空空荡荡。这是一条被殖民文化冲刷的街。它符合我的漂泊感，失去了故乡。

路上常看到一个牵着蝴蝶犬的寂寞女子。涂着鲜红的唇膏，薄薄的丝袜，穿着高跟鞋，每天下午三点必定在附近散步。这里有许多富商买了公寓给漂亮的年轻女孩居住。那些眼神流转得烟花一般的女子渐渐变成为慵懒的散步者。

租的是很破旧的老式公寓楼。虽然如此，每月租金仍非常昂贵。

走廊的墙面全部剥落。到处堆积邻居的破烂家什：潮湿的拖把和衣服，枯萎的盆景，废弃的破铜烂铁。空气里有一股灰尘的陈旧味道。

穿越窄小的走廊，打开门。小块褐色柚木拼起来的地板。墙壁和天花板采用早已经过时的墙纸，暗黄醉红的碎花图案因为时间弥久不再显得张扬。木头的双人床，抽屉橱。衣橱的长镜子略显模糊。玻璃窗映射进来阳光，房间流动某种沉醉的气息。面积很小，简单干净。卫生间的白瓷砖微微泛黄。浴缸边上有一盆绿色小仙人球，也许是上任房客留下的。

房东给钥匙的时候问我是否会在这里长住。自然给予她肯定的答复，虽然在上海我租房子的频率是每三个月换一个地方。搬进去被子，衣服，十多瓶香水，一台笔记本电脑，一张用木相框镶着的黑白照片。照片是十二岁时候的黑白照片，露出雪白牙齿的笑容。天真无邪。我总是奢望留不住时间但能留住人性深处的一部分纯真。这就是自以为是。

遇见小至之前，我一直在写作。闭门不出，只打叫外卖的电话。比萨饼店，炸鸡店，小四川餐馆，解决一日三餐和夜宵。我的朋友很少。对男人很难产生爱情。短期理想是能够赚到足够的钱去印度和老挝。写一个长篇，拍一部电影。长期理想是可以某天突然地消失。短暂的瞬间，漫长的永远。

有时候我会什么都不做。那通常是我写不出一个字痛苦万状或刚领到稿费踌躇满志的时候。

中午十一点左右起床。先到附近的咖啡店喝咖啡，然后去音像店搜集盗版影碟，或者只是在空气污浊的大街上走来走去。像任何一个没有工作四处晃荡的人，竭尽所能地消磨时间。

喜欢电影，但已经很久没有去电影院。少年的时候，常常和同学一起逃下午的课，去小电影院看外国片。记忆中那是一座偏僻的白色房子。放映厅很小，墙壁刷成绿色，墙面上有黯黄雨迹。壁灯华丽而俗气。座位不常清洗，散发出恶劣的头发和汗水的气味。总是有一股潮湿发霉的味道。但它会一整个下午放上四五部影碟，可以看到日本和欧美最新的一些片子。当然也有很老的黑白旧片子。

我热爱电影里那些绮丽诡异的镜头和台词，这使我感觉自己是一个对现实有太多不满的人，所以拿着大杯可乐大桶黄油爆米花在电影院里醉生梦死。放什么影片，在哪里放以及放多久对我已经不重要。到了散场的时候，我经常是怀着微微的羞耻感在黑暗中入睡。

常去的酒吧在住家附近。老板是个身份不明的中年男人，比我大十一岁。七年前从英国回到上海。

他叫森。他的酒吧叫布鲁。我想谐音应该是英文的blue。但里面看起来一点也不愤怒或颓废。干净极了。是那种沧桑之后的恬淡。原木做的吧台，是森亲自做木工并涂漆。同样手工制作的还有白色棉纸糊起来的灯笼，以及米黄的苎麻桌布。喜欢马蹄莲，总是用一大玻璃瓶的清水养着它们。那种洁白的欲开不开的花朵，没有香味却枯萎得很快。

森通常穿着一件白色棉布的衬衣站在吧台后面。一边亲自招呼客人，一边在吧台后面飞快地擦玻璃杯子。他倾听很多人的故事，却从不透露自己的往事。

只放意大利歌剧。轻得像要断了一样的声音，明亮而凄怅的歌声在隐约处如水般流动。在一整面的墙壁上，有一缸热带鱼。有时候他会推荐从欧洲旅行带回来的威士忌、白兰地和葡萄酒，大部分来自一些偏远的风景优美的小镇，农家自己制作。

酒吧的生意通常在晚上十一点左右开始热闹。空气因为烟草、酒精和体温变得温暖。我常常独自要一杯加冰威士忌，看水箱里游动的小鱼。伸出手，用手心贴在玻璃缸上，对着它们吹口哨。更多的时候，我爬上吧台前面的高脚凳子，不停喝酒，直到坐得昏昏欲睡。

凌晨时分我从酒吧回到家里，如果失眠就会上网聊天。这是有趣味的事情。隐藏了身份和面容，躲在虚拟的符号称谓后面，和一个陌生人说话。随时开始对谈，随时离开。随时出现，随时消失。在那里可以同时即兴地开展六场键盘恋爱，或更多。厌倦的时候连bye bye都可以省却，毫无后患。这是一个容易对真诚和诺言产生怀疑的地方。

我寻找轻松有趣的谈话对象。聪明，男性更好。虽然在网上性别也可以忽略不计。有趣的人可遇不可求。一次聊天的时候，有人向我推荐一个网站，打开后是从太空拍下来的地球地图，每个人可以在上面找到自己所在地点的标记。那个人说，我已经找过自己的地点，轮到你了。我看着那颗美丽的蓝色星球孤独而傲慢地转动。我不知道这个人如何找来这种古怪的网站。

他告诉我，他是个北京男人。二十八岁，在广告公司做经理。我不想去考证这些要素是否真实。我的快乐来自编造我喜欢的男人特征，所以我在键盘上敲打的时候一边听Tori Amos，一边搭配感觉中他英俊的五官。这种想象令人愉快。不需要兑现。

后来他就如同他的nickname一样消失不见。Sam。一颗冲天炮。

四月初，我在网上邂逅小至。

她不隐瞒自己，在网络上一开场亮出的都是真实的东西。这些真实在以后的时间里都得到了考证。她说她复旦哲学系毕业，在四家网络公司以三到六个月的平均速度轮换过工作，演过话剧女主角，写过诗歌，参与过独立制片的工作，会作曲唱歌灌唱片……但现在她什么都不做了，只在一家咖啡店卖咖啡。她的开场白充满传奇色彩。

而每年春天，这个城市并未有丝毫奇迹发生。街头空气污浊。路过的人匆匆忙忙。世间充满物质生硬的芳香。

我对她说，我有时候想象自己的电影。想象电影里面一个带着鸟群出现的女子。她每次出现，都会有一群鸟围绕在她的身边。灯光通明的地下铁，百货公司，深夜的咖啡店，石库门破旧房子，阁楼的尘埃，冰冷的墓地……那群鸟在她的头顶盘旋，在她的身边栖息，自由出入于她心脏起伏的地方。带着凛冽的风的声音，但没有一个旁人能够看到。

当她爱上一个男人的时候，鸟群会轻灵地四处扩散，在天空上盘旋。当她痛苦的时候，鸟群停在屋檐或树枝上沉默无语。它们起起落落，没有轨迹可循。女子的视线穿越城市逼仄的天空，落在一个荒野里。

有一天她死了，那群鸟消失于她腐烂的体内，蜕变了颜色振动着翅膀离她而去。

鸟的翅膀在空气里振动。那是一种充满了恐惧的声音。一种不确定归宿的流动。女子身上盘旋的鸟群，所有的人都看不到。我的小电影院和其他电影院并无太大不同。只是放的电影仅此一部，编剧导演演员都是我，观众也只有一个。或是陌生人或只是我自己。

那段时间，晚上我总是失眠。只能一整夜地看盗版片子，读小说。然后在凌晨，独自趴在窗台上抽烟。远方深蓝的天空渐渐泛白。不远处有棵樱花开了一树粉白的花。因为知道它会谢得很快，所以每次总是看它很久。那时候想如果身边有个人，樱花这样的美，一起看会很好。黑暗的夜色中能够听到细碎柔软的花瓣在风中飘落的声音。

村上春树的小说里，喜欢的是《且听风吟》。因为那个男人总是在深夜，独自开着车去大海边。在那里抽一根烟，然后沉默地离开。在海边，他坐在仓库石阶上一个人眼望大海。

人的寂寞，有时候很难用语言表达。

我对小至说，我刚看了《春光乍泄》。两个男人的感情，纠缠着纠缠着，终于找不到对方，无从重新开始。录音机里男人压抑的哭泣，被风一吹，就散了。千言万语，从何说起呢。一些太寻常的细节，半夜去买烟，在小厨房里跳舞，看着对方睡觉……最后依然是要孤独。还是感动了。当梁朝伟一只手夹着烟，一只手拿着酒瓶，开车去往瀑布的路上。因为总是需要一些温暖。哪怕是一点点自以为是的纪念。

想起以前的一个朋友，手臂上有伤疤，是曾经用酒精烧过的针扎在皮肤上，写下他爱过的第一个女孩的名字。那三块丑陋的伤疤，要一辈子跟随着他。而女孩和爱情，早已经离开。所以感情有时候只是一个人的事情。和任何人无关。爱，或者不爱，只能自行了断。伤口是别人给予的耻辱，自己坚持的幻觉。

最惨痛的伤口总是难以拿来示人。只能找个角落躲起来。

我挂在网上一边抽烟一边和小至讨论这些问题。很多时候，觉得自己在自言自语。但那又有什么关系。她倾听我。隔着一段虚幻的距离。我们不确定彼此之间相隔多远，也许曾经在地铁交错而过，也许穷其一生都不会见到彼此的容颜……但是我们在交谈。

那是一种确实的交谈。所有的语言都是从心脏冷僻的地方流淌出来。

小至说，很多人看过去似乎都已经没有伤口了。大家都记得把自己保护好。谨慎地寻求付出和回报之间的平衡，希望别人死心塌地，坚持自己优游自在……温暖淳朴的爱人们，像鸟一样，纷纷飞离物欲的城市。如同很多年，我们没有在这个城市最繁华的街头听到鸟声。

我说，那么你呢。

她说，我大概是一只鸟。充满了警觉，不容易停留。所以一直在飞。

我们在两个星期之后决定见面。

两个女子之间的约会。

我想不出有什么理由不和小至见面。我们是成人，且是同性。不是那些在网络上利用虚拟的空间限制来玩感情游戏的孩子。小至说，你喜欢喝双份Espresso对吗，我在Starbucks，每周一三五的下午当班。如果你愿意，我希望能亲手做杯咖啡给你喝。你可以过来看看。我的左眼角有一颗褐色的泪痣，直发。左边耳朵上有七个耳环洞。

我到南京西路店的时候是黄昏。两位店员小姐忙碌地在台子后面操作。穿着相同的制服，看过去很平淡的年轻女孩。我盯住她们看。有一个直头发的女孩，脸上的皮肤很粗糙，左眼角一颗泪痣。这使她普通的容颜看过去透露出诡异的气息。

她说，小姐你好。

我说，你好。

她的笑容是像花朵一样绽放出来的，鼻子旁边有细细的小皱纹。这个笑容一点也不假。我相信是因为她的心情愉快而非职业性所为。包括她左耳朵上七枚暗色的银耳环，她下巴上一颗刚冒出来的新鲜的粉刺，她身上的香水混合着汗液气味。

小至和我想象中的几乎没有任何区别。

她下了班。她说，我们去买DVD。很好的阳光就闪烁在她的头发上。她的头发很凌乱，潦草的，略显褐色，像一大把松软的晒干的海草。一点点化妆也无的女子，穿一件灰黑的棉大衣，里面是黑色的厚棉T恤，手腕上系一根红丝线。她穿得少，习惯耸起肩膀做萧瑟的样子。微笑的时候眼睛和唇角有甜美的轮廓。年轻平淡的面容散发出薰衣草的清香味道。

我们找了几家音像店。她趴在柜台上。阳光照出空气里飘浮的灰尘。她一只手臂压在桌面上支撑自己的身体，一只手拿着一根红双喜香烟，仰着头看自己吐出来的烟雾。

我们成为朋友，就是这样轻易的事情。简简单单，一点也不难。好像走了很累的一段路，看到有舒服干净的椅子在，就顺势坐了下来。

《蝴蝶君》里，有法令纹的男人，站在六十年代北京清凉如水的夜色下，看一个老人在水井旁边捉萤火。

那个在舞台上笑容幽怨的女子，走在他的身边。她是一个中国男人。他爱上那个男人。痛彻心扉的爱情是真的，只有幸福是假的。那曾经以为的花好月圆……爱情是宿命摆下的一个局。

在监狱里的众目睽睽之下，他把刀插进自己的腹部。他的嘴唇涂了凄艳的口红，脸上是惨白的脂粉。那是一个在等待中枯萎的日本女人，是一个中国男人扮演过的角色。他跪伏在地上，双手紧紧地握住刀柄，把它一寸一寸用力地捅进去。捅入身体的更深处。疼痛和鲜血带来快慰。那是四年以后的事情了。他的爱情，他深爱的女人，他的儿子，他的中国生活……原来只是一场注定破碎的幻觉。只有死亡才能和幻觉抗衡。

Jeremy Irons主演的影片，导演的手法通常都很平淡，不会有跌宕起伏的情节和过分泛滥的催情。演员常会被当成孩子对待，因为他们有幼稚的言行。可是我是成人，他曾对采访的记者说。成人的方式就是要控制着痛苦，让它像插入身体的刀刃，钝重地发不出声音。但是锐不可当地进入。

那年的五一节我是这样过的：在上海长途汽车站买了一张票，然后搭车去苏州。虽然对自由职业来说，节假日几乎如同虚设，但是我想应该让自己感受一下正常的快乐。

长时间地把自己关在家里，并非是人人能承担下来的生活。我写作，头疼，睡觉，忧郁，烦躁，吃东西，抽烟，看音乐台，洗澡，趴在阳台上抽烟……生活里有许多困顿的地方。

有时候我想，这种写作的生活什么时候才能到头。但不可能有一个男人突然冒出来对我说，我带你走，给你一个家，你每天喝喝下午茶，晒太阳看书吧……那是一个白日梦。我是一个喜欢享受物质的人，我说过。我时常想着有一天，我能够躲避所有陌生人的面孔，不用看到他们的殷勤或冷漠，快乐或愤怒，因为我不关心。我只想有一个属于自己的空间，能够听重复的爱尔兰音乐，看圣经故事，看周星驰狡诈而天真的笑脸，或者躺在床上看着阳光在窗帘缝隙中的舞蹈。

我的世界是寂静无声的，容纳不下别人。

一直都不想工作。以此为目标却始终在努力地工作。曾有人说，一个人一直想自杀，因为这个明确的目标，他活了下去，并活了很久。我忘记是否是萨特所言，或者是来自一部伊朗电影。看过去逻辑矛盾的语言，却正中我的心坎。以此我知道这个世界上有许多想法相通的人，不管他们被时空或生死的界限如何分隔。大家都过得不容易。

不出门能省下很多钱。不用看到百货公司里拥挤的物质，街头的空气几乎到处充满诱惑。我只定期去超市购买一次食物，栗子蛋糕，全麦面包，红肠，薯片，果汁，大罐大罐的牛奶……全部堆在冰箱里，然后吞食。淀粉，蛋白质，纤维素，碳水化合物通过食道进入胃部，得到饱满的充实，在温暖和满足中发出呻吟。我是这样地溺爱自己的胃。胃是直接反映一个人精神状态的器官。

我憎恨贫穷，而我最恐惧的事情，是饥饿。这种反省是让人感觉可耻的。

五一那天，我中午十一点多醒过来，看到窗外阳光明亮。于是对自己说，可以去苏州。上车。窗外是飞掠的绿色田野和小村庄，车厢里电视放着港产的老掉牙的武打片。我拿出手机看了看，摁了关机。我又睡了一觉。

两个小时到了苏州。在街头馄饨店吃了一碗热腾腾的小馄饨，问了路，朝观前街走。窄窄街道，有溜滑的青石板和落光叶子的法国梧桐，街边陈旧的民居，有老人，孩子，狗，安闲地晒太阳。店都是一小间一小间的，从外面望进去，里面一片幽深。

在刺绣博物馆买了一张票，隔着玻璃看古老年代的绣衣，站在庭院里听了一会儿鸟叫，又往前走。在古旧书店买了一大堆打对折的书，基本上是一些中国古书。在街头买了一个气味闻起来极为香甜的烤红薯，坐在路边的台阶上一边晒太阳一边吃红薯。

吃完红薯我想该回上海了，就回到长途车站买了一张票。等在候车室里的时候，对旅途开始产生怀疑。我想，我来了就为了回去吗。很多时候我警惕自己不要去想那些充满相对意识论的问题。包围着我们的，其实是一种绝对的空虚，所有的产生，消耗，都是为了消失……很不幸的是，当我二十五岁的时候，我没有碰到一个男人把自己嫁出去，却在一异乡小站上思考那些形而上的问题。这一刻我对自己无比失望。

我打电话给小至。我说，你在干什么。

她说，在睡觉。我辞职了。

小至在淮海路的咖啡店门口等我。再次相见，她没有任何变化。穿着灰黑的棉大衣，走进咖啡店里一脱，就是黑色的厚棉T恤。她拔出烟来想点，服务生过来制止，告诉她这里禁止吸烟。

为什么啊，为什么不能抽烟。她抬着头，认真地和服务生抬杠。

因为是店里的规定。

不合理的规定就应该取消。

对不起，小姐。请配合我们。

对不起有什么用，我们可是走了很多路才来这里的……小至越说越起劲。我只能起身，拿起她的大衣，然后把她的手一拉，就往外走。

别闹了。人家是对的。

有什么对的？抽烟也是生活方式，应该得到尊重……我们顶着夜里还是显得寒冷的风，走在大街上，小至还在絮絮叨叨。我想，我喜欢她的，就是这些本性的天真的东西。我们在车站里点了烟，然后研究站牌，想着可以去哪里。

我说，还是去我家里看片子。

好吧，*The Big Blue*不错。法国片。建议你看一遍。

通常都没有男人的约会吗。我问她。

当然喽，像我这样的女人，总是以一个难题的形式出现在感情里。

我们去二十四小时营业的小超市里买东西。我买了贡丸，面条，两包红双喜香烟，还有一瓶苏格兰威士忌。小至摆弄着瓶瓶罐罐看，像个孩子，无措的表情。她有控制自己情绪的本能，但是寂寞汩汩地流淌。激烈的气味。就好像一把刀把鲜橙割开来的时候，顺着刀刃和手指流淌下来的汁液，散发着辛辣的甘甜。

你有没有男朋友，她突然问我。一边在灯光下的玻璃上照她自己的脸。

没有。你呢。

曾经有。不太愿意让自己停下来。有时候觉得感情很像一个包裹，背在身上，背了那么多年，却找不到一个人可以把它卸下来。

可以等待一个合适的时间和地点，把这个包裹交给一个合适的人。

要等多久。

不知道。可以一边走一边等。不要停在一个地方等。而且，找到那个人的时候，要让他感觉到这份赠予的珍贵。让他知道，你不是随便给。

那天晚上，我们说的话并不多。小至喝了一点酒。她的酒性不好，在沙发上折腾了一会儿，很快入睡。我脱掉她的衣服，把被子盖在她身上。然后把DVD塞入机器，开始看电影。

电影很长，我看到了希腊岛白色的房子，西西里蔚蓝的大海，还有两个喜欢潜入大海深处的男人。抽了很多烟。烟灰缸已经堆满。中途去厨房煮面条吃。

杰克给他爱的女人打电话。那个女人远隔千里，要他对着长途电话筒对她讲故事。杰克说，你知道怎样才会遇见美人鱼吗。要游到海底，那里的水更蓝。蓝天变成了回忆。躺在寂静中，你决定留在那里。抱着必死的决心，美人鱼才会出现。她们来问候你，考验你的爱。如果你的爱够真诚，够纯洁，她们会接受你。然后永远地带你走……

他终于还是离开了深爱他的女子和女子腹中属于他的鲜活生命，独自潜入深深的海底。没有人知道为什么。

结尾的时候，男人顺着控制绳，无声地下滑，一直到黑暗的海底。他独自停留在缺氧寒冷的地方，一束光打到他的脸上。美丽的海豚轻声尖叫着，在他身边凝望。他伸出手去，随它而去。然后就是黑暗的屏幕。音乐响起。导演在片幕打出一行字，献给我的女儿。他把一整个大海的寂寞献给了他的女儿。

凌晨三点。我进浴室洗澡，出来的时候，看到小至醒过来，在厨房里吃我剩下的面条。她用手指抓面条吃。我看着她。她说，这已经是我的第十一份工作了，只维持了两个月。

为什么一直做不长。

因为厌倦啊。太多无聊的人，无聊的事情……她说，我要能像你这样待在家里也能养活自己就好了。

可是我一直都很贫穷。我也有无助的时候。

我不怕贫穷，我只怕自己对什么都没兴趣。到哪里都停不下来……

我说，先搞清楚自己真正想要的是什么，小至。我们可以失望，但不能盲目。

小至很快开始恋爱。这是她尚算明确的目标。她把她和他之间的感情比喻成一件晚礼服。说像偶尔会花费一些钱去买件奢侈的晚礼服，不怎么穿，但有兴趣。买来后挂在衣橱里，也不常去看它。知道它很昂贵，但并不实用。就是这样的心情。

他们认识大概一个月。他是一家网络公司的业务经理。洋人。

来自德国。他有褐色的头发和玻璃球一样的眼睛，长得很高大，名字叫Frank。那次小至被朋友拉去拍照片。出席某个洋酒派对。人很多。她夹杂在里面浑水摸鱼，拿了一杯马爹利一碟烟熏火腿三明治，走到最偏僻的角落里。他在她的身边，一直看她。看她几近狼吞虎咽的吃相。那天她穿着一条有点脏的牛仔裤，黑色的长袖棉织T恤，球鞋，脖子上挂着可笑的照相机。他说，你需要一杯可乐吗。她说，我只喝冰水或者酒。于是他走开去问侍应生拿一杯冰水。

一个女人的寂寞是漏洞百出的。仅仅因为一个男人关注她的视线超出了五分钟。因为他看着她丑陋的吃饭模样。因为他替她去拿了一杯冰水。于是小至对我说，她恋爱了。

我依然一个人。天气慢慢地转暖。上海的天气像一件洗完以后晾不干净的衣服，在黏稠潮湿的尘烟中摇摆不定。路上的行人匆匆，生活轨迹总是很难改变。

有时候我经过外滩。比如要去杂志社交稿子的时候。这是上海标志性的地方，它让我意识到自己混迹在这个城市的外地人行列中，侵略和享受着它的风情及物质生活。林立的旧洋楼，在这个城市惯有的阴沉天空下，散发出颓靡的气息。我发现自己对陈旧的喜好，那些被时间抚摸过的伤痕里，充满意味，但是从不倾诉。同样我不清楚时间对人的意义。比如最后一天和第一天的意义。

杂志社在偏僻巷子里的一幢旧别墅里面。木楼梯窄小陡峭，扶手上却有精工细琢的木头花纹，已经被手指的皮肤抚摩得光滑如水。房间是阴冷的，因为窗外有茂密的树木遮荫。窗台边常常有落叶和坠落的花朵飘落。那花朵是金黄色的，花瓣细碎，带着清香，一落就是大片，好像暴雨一样。杂志社的人告诉我，它的名字是黄金急雨。我从未见过这样敬畏时间的植物。近乎痴迷地姿态优雅地死去。

有时候我找不到工作的意义。这是一件可怕的事情。有一些工作在我看来无聊得接近可怕。比如站岗，值班，营业员，服务生，收费，出纳，诸如此类。我不轻视任何劳动的价值，只是觉得根本没有创造性可言。一天又一天，奔波，忙碌，消耗，磨损……换取维持生存的一两千块薪水。与其这样，我宁可每天吃泡面待在家里，用微薄收入维持最基本的生存需求。

想起曾经的某个午后，小至和我一起，看到电视里对港星刘青云的采访。问他，最想做的工作是什么。那个黑黑壮壮的有酒窝的男人说，想卖冰激凌啊，因为来买冰激凌的都是好心情的人。如果碰到一个小孩，多给他一点，他就会很开心。这是一份很高兴的工作。

我们笑。在这个世界上，所有真性情的人，想法总是与众不同。有时候感觉似乎不太正常。我们都是病人。没有人可以治疗。

我对小至说，卖影碟也很好，来买的都是一些失恋或逃避生活的人。看电影会使我们的生活变得不那么重要。其实一切本来也都不是那么重要。最起码不做明星还是可以去卖冰激凌的。

我幻想过自己能够开一个小音像店。

能够埋头在店里不断地看很新的或很旧的电影，听很新的或很旧的唱片。

要有一个可以使冬天变得温暖的小火炉，在上面烧开水，煮咖啡。买一瓶清酒放在上面温。清淡的酒香和醇厚的味道。让人沉醉。

放一张木桌子，上面种一排仙人球。每天给它们洒一点点清水。它们是容易满足的不贪心的植物。像某种幸福。

每天都放着电影。《破浪》《天使》《吸血迷情》《惊情四百年》《三轮车夫》《午夜守门人》《鬼妻》……不管看了与否，径直让那些华丽的音乐和优美的台词在耳边回绕。好像在空荡荡的舞台上演出。

顾客应该很多是学生，或者一些白天不工作的人。他们打发漫长的假期，打发冰冷的时间。和他们之间会有一些简单的对谈。比如，这片子好看吗。挺不错的。有没有苏菲·玛索的片子。有。这张CD能换一下吗。可以……

我不是一个善于和别人交谈的女子。但我喜欢闻到陌生人的气味，让我感觉自己和这个世界还有联系。有时候我想，怎么会这样呢。两张小小的碟片，里面可以膨胀出来一个恢弘绮丽的世界。我们的梦想。我们的灵魂。原来都可以寄托在这里，是有去处的。虽然一关上，依然是一个冷冰冰的硬壳子。

小至开始出入五星级大酒店，卖弄着她的半吊子英文和老外出双入对。头发变成漆黑油亮的披肩长发，穿黑色吊带裙子，画着夸张的眼线和唇线，一如那些专门和老外混的上海女子，身上有一股香水和汗液的腥臊味道——混得久了，连气息也会相同。

我们再次见面是在淮海路的伊势丹前面。我说，为什么挑伊势丹前面。那地方地铁、公交车车站都远，没着落的地方。她说，可以停车嘛。

她居然是开着一辆银色BMW过来，汽车是黑色牌照，外籍人士的车子。那天刮风，天气变凉。她穿着丝缎的刺绣短裙，裹着粉红的披肩和镶皮草薄大衣，脚上却赤裸地穿一双细高跟的拖鞋式凉鞋，上面缀着人造水钻和金丝线，挎一只鳄鱼皮小背包。这是上海女子的时髦装束。小至无疑毫不费劲地加入了行列。我躲在百货公司大门口的一个阴暗角落里抽烟，冷风吹得我浑身哆嗦。我还是穿着旧牛仔裤。没有化妆。

在伊势丹二楼的咖啡店里，找了一个角落的位置。先点了根烟，然后打量她。虽然用了不少粉底，脸上的皮肤因为抽烟还是显得毛孔粗大，而且有过敏的红斑。我说，你现在每天用粉？

没办法啊。不用粉怎么见人？又不是像以前那样。用了也没人看。她拿出化妆镜照了照，我用的可是兰蔻的粉底。她咧开嘴傻笑。自嘲的明亮的眼睛还和以前一样。露出被烟熏得发黄的牙齿。

那个洋人如何。

他已经是我生活的一部分。

什么意思。

比如像每天早上都要用的牙刷，一把要坐上一整天的舒服椅子……

他应该是有家庭的。会离婚吗。

不知道。

不知道？

为什么要知道。有时候牙刷只能用来刷牙，椅子也只能用来坐……她突然之间有些烦躁，挥挥手说，不讲他了。不要讲他。

她开始絮絮叨叨地谈一些其他事情。洋人的吝啬和天真。想去欧洲旅行……

我掐掉烟头，看了看街上弥漫的暮色，对她说，我们走吧。

她说，不如一起去吃饭。找Frank付账。

算了。我有事情。

在停车场，我裹紧外套，看着她在风中并住赤裸的小腿，姿态优美地进入车子里面。她伸出手来，示意我俯身过去。然后抱住我的头，紧紧地抱住，在我的额头上乱亲一气。我闻到她头发上面带着腥味的香水味道。我轻轻把她推开。忍不住对她说，小至，不管怎么样，你自己好自为之。别把你自己想象得那么强悍。

她对我挥挥手，轻捷的车子很快隐没在车潮人群里面。

我在路边站了一会儿，想着该去哪里。还是惘然。于是独自穿过马路，去街角的小店铺买一杯奶茶。香甜的热奶茶捧在手里，终于让那骨头都会哆嗦的寒冷有些退却。想了想，最终决定喝完奶茶回家睡觉。

小至再次打电话给我的时候，又过了一段时间。她说她和Frank分开了。他要回国去。

有些人似乎永远都脱离不了某种生活的轨道，身不由己，粉身碎骨，势必不能再博取到任何同情。她那天喝得醉生梦死，自己打了车回来，敲开门就口吐白沫倒在地上。我拖她进房间，脱掉她的衣服和鞋子。看到她背上的鞭痕，不是很重，诡异颓靡地绯红着，身上还有文身。

突然觉得很烦躁。从浴缸里放出一盆冷水，手舀了水洒到她头上。我说，你动不动脑筋啊。要陪洋人玩。人家是来寻开心的，你还以为你真能跟他出国去。

小至满脸冷水，不甘心地扭动。她说，不是你想的这样，乔。他应该是爱我的。他们的爱和我们的不一样。

什么叫不一样。他做爱的样子应该一样吧。你还在自欺欺人。你以为你是青春少女，能把爱情当蕾丝花边裙子来穿。你的时间，精力，资本已经越来越少了。你付不起了，懂吗？

说着说着，突然感觉很沮丧。我这是在做什么。小至的确是世界上最无聊的女子，我又不是不清楚。而且因为我们彼此的无聊才会在一起，这一刻我又哪来的居高临下的牢骚。我想，我是在生气我们两个人在一起，彼此如此了解，却对自己的缺陷和对生活的缺陷，一点办法也没有。

她还是睡着了。酒精在血液里作祟，自己脱掉湿掉的裙子，爬上我的床。我看着她，她的身体蜷缩得像一只动物。一只找不到出口的盲目的动物。我把被子盖在她的身上，关掉灯，然后自己走到外面客厅去看碟片。

阳光灿烂的午后，他看到被水淋湿的少女。踟蹰地走在夜色的回廊上，小心翼翼地想象她的身体。一树梨花压海棠，良辰美景，只是瞬间。他期待她柔软的嘴唇，花朵般贴近他的脸颊，愿意为此而陷入深渊不得翻身。而最后站在他面前的，是一个怀孕的陷入贫穷和平庸的女人。在尘土飞扬中含着眼泪落荒而去。所有的快乐，只是罪恶。

洛丽塔抚摸着自己隆起的腹部，容颜憔悴地对他微笑。她说，我不爱你，抱歉我真的是不爱你。她所有的叛逃和拒绝，都是为了证明她不爱他。爱她是他一个人的事情，不是她的。所有的爱都只属于自己。

他的眼泪，就这样轻轻地掉下来。

这种深刻的压抑以后的爆发，需要演员极大的张力控制。很多演员表情丰富，形体夸张，可是在表演的中途就能量失散，只为最后疲惫地退却。如果让Jeremy Irons演话剧，对观众来说，是一种损失。试想镜头放大，慢慢地推进。他平静怅然的面容占据着银幕。深蓝的眼睛，涌动着空洞回声的潮水，两条深不可测的法令纹，隐藏的痛苦，薄薄的嘴唇颤动着，颤动着……只是依然无法言语。

那张脸写满了破碎，却无法被抚摸。有这样一张脸的演员，只能出现在摄像机的面前。

第二天我醒过来的时候，看到小至已经起床。她在做早餐，头发在脑后挽了一个髻，看过去很干净。宿醉让她脸色苍白，但她的眼睛开始清澈，神情愉快。

她说，乔，我昨天梦见自己走在路上。双手空落，但是脚步轻盈。且远方有歌声传来，让我惊奇。我想出去旅行。

去哪里。

先去云南丽江。听说那里有很多外地人定居。开个小酒吧，每个晚上看河水上的红蜡烛顺流而下。她穿着牛仔裤和松松垮垮的黑色长袖T恤，右手轻轻抚摩着左手腕，然后把袖子翻过来给我看。那里有几道支离破碎的深色疤痕。她说，我很早的时候就尝试过自杀。一直在问自己，到底要什么。有时候，不知道这个问题是件太可怕的事情。

她的一只脚轻轻踢着床边上的搪瓷脸盆，脆弱的声音回响在寂静里。她低下头微笑，我懒得动脑筋，真的，我对任何事情都是这样的。只是一直想把那个背了很久的包袱放下来……

我记得那天的阳光在小至的左脸上闪烁，看得清楚她脸上细而柔软的小绒毛。她的脸那一刻像花朵，充盈着某种鲜活丰厚的天真而压抑的欲望。她喜欢爱情，喜欢在皮肤和欲望的揉搓中百转千回，无法自制。

我说，你知道自己喜欢什么样的男人吗。

可能是像Jeremy Irons一样，很内敛，有一点病态地去爱一个女人……她笑。其实我只要他好好对我。很珍贵地对我。

读小学的时候老师带我们去游泳池。我记得很清楚那是个炎热的夏天下午。游泳池外面的夹竹桃绽放粉白的饱含毒液的花瓣，开得好像要睡过去一样。栏杆外面有几个孩子趴着，一边舔着冰棒一边盯着人看。蓝色的天空，被阳光照得烧灼起来。

我穿着泳衣站在水池当中。我不会游泳，但想装模作样地泡在水中。水波柔软而持续地晃动，带来隐约的恐惧。我小心地移动着自己的脚步。可是突然有人游过来，莽撞地踢了我一脚。我尖叫一声，仰面就摔了下去。

我不知道自己是否挣扎或呼叫，那是寂静的无限洞明的世界，我看到自己的头发和四肢慢慢地舒展开去，像被抽离了控制线的一具皮影。水在瞬间覆没了我。我听到耳朵里气泡咕咕上蹿的声音。血液变成黑色的岩浆提高了温度，恐惧在心脏中四处撞动找不到出路。绿色的水波和光线在头顶上晃动。呼吸和控制力在空虚中消失。喉咙和胸腔爆裂出鲜红的花瓣。水把我封锁起来，一层层纠缠和包裹。

当脚无意中突然踩到地面，一股力量把我的身体往上顶，我的头伸出了水面。我听到哗的一声，水收回它包裹着我的强大力量，收势而去，只有刺眼的阳光让我睁不开眼睛。身边的世界却依然如故，没有丝毫变化：碧绿的池水其实才到胸部，像一双轻佻的手，不断撩动我的皮肤。身边是快乐无比的同学们，他们在水中像鱼一样地跃动，折腾，扑出喧嚣的水花。

我独自慢慢爬到池边，看着水从我的头发、皮肤和泳衣上滴落。我的手指还在抽搐，喉咙和胸腔剧烈地疼痛。那是一个阳光明亮的夏天午后，我八岁。在短短数十秒里，我直接逼近了死亡的领地，然后穿越黑暗的隧道回到彼岸。后来我再也没有学会游泳。

我知道那些隐藏在心里的恐惧会慢慢地在时间中变成柔软的绳子，然后捆绑住我们。对生活的欲望亦然。这件事情我后悔没有对小至提起。

深夜，我横穿过这个城市中心的广场，走下台阶，在地铁站等待最后一班地铁。站台上略显空荡，有一些陌生的身份不明的行人等待在那里。我喜欢独自不动声色地观察陌生人，他们像鱼一样穿越我的身边，带着些许不自知的惶惑。

在那里我能够分辨出某些同类。那些人神情阴郁，因为抽烟皮肤通常很粗糙，眼神却清澈明亮。那是一些以放肆破碎的姿势走过城市喧嚣人群的人。他们的心走得比时间快。他们在开始就看到结局。他们一直在死亡和欲望的阴影里，轻轻呼吸。我们彼此交会，然后错过。

那一刻，我想起小至。想起我四处游荡的朋友。想起她穿着一双破球鞋，趴在桌子上抽烟，看着自己吐出来的烟雾，旁若无人的样子。她去远方继续寻找自己想要的东西。她要把她背了很久的包袱卸下来，而我依然在电影和文字里寻求和现实和谐共处的方式。这也是我和生活彼此抗衡的唯一方式。

Jeremy Irons，我还是可以一遍遍地温习那个英国男人的旧影片。他的带着病态的神经质的深情。他的忧郁眼神。也许我们应该相信这个世间有爱情存在。

六月，城市阳光开始明晃晃地刺眼。天气开始炎热而持续，再也不会有突然的阴雨或寒冷。房子后面的橘子树林开始传出蝉有恃无恐的绵长叫声。我在房间里没日没夜地开冷气。一个人赤裸着身体，在木地板上走来走去。抽更多的烟。失眠的时间变得漫长。

我总是以为自己是会对流失的时间和往事习惯的。不管在哪里。碰到谁。以什么样的方式结束。

只是四月邂逅的小至就这样在城市里消失了。

音像店男人

六月份的时候，碰到靳可。一个年轻的北京男人，电影学院导演系毕业，执导过几部实验性的小制作片子。他想拍我的小说。

我知道媒体上宣传这一个圈子的时候，习惯加上“新锐”这个定语。但是我没有看过这些人拍的电影。类似的一些造作的电影是我所不喜欢的。过分注重技巧，泛滥模仿，情节上哗众取宠。没有任何力量可言。

我喜欢的电影，比如看*The Big Blue*的时候，中途不断地离开，做着一些琐事。煮面条，倒咖啡，上厕所，在网上看了看有无朋友上线。还趴在阳台上抽了一根烟。那部电影很长，估计过了一百二十分钟。但那些镜头一直留在记忆里。不需要全神贯注。不需要解释。只是轻轻一撞，就像一片玻璃扎进了眼睛。会很痛。会留下伤疤。

我不知道靳可在拍什么样的电影。我们在咖啡店里见面。约在早上十点。

这不是一个合适的时间，通常我凌晨睡觉，中午起床。那天虽然什么都没吃，匆匆往地铁站跑，还是迟到了半个小时。咖啡店还没到高峰时候，整个店堂空荡荡的，很安静。推开门看到角落里一个光头男人坐在那里抽烟。

他穿黑色T恤，黑色仔裤，黑色跑鞋。身边的椅子上放着一只庞大的黑色皮包。我径直走过去，对他说，靳可，我是乔。他的眼神略有惊异。这个不奇怪。我的读者总是把我想成一个穿黑色蕾丝胸衣，涂紫色唇膏，眼神诡异妩媚的都市时髦女郎。但是出现的却是一个神情困顿，衣着邋遢，似乎刚从大学宿舍里跑出来的女生。我让咖啡店小姐帮我端双份Espresso和巧克力蛋糕，一边拿出红双喜来抽。

他先用了两分钟时间看我把那盘蛋糕以肆无忌惮的姿势吃完。然后用了三分钟时间从大皮包里找出我曾经出版的一本小说。那本小说曾被大量盗版，以极其低廉的价格在校园里和小书摊上倾销。他说，我不是非常地了解你。但我听很多人说起，他们把这本书放在枕边，睡前必读几页，才能安心入睡。

我说，我很高兴听到这个。我从不崇尚把文学神圣化。任何作品都不该在智力和感情上脱离读者，贬低读者，让他们无所适从。好的小说，应该是一帖良药，哪怕是一针吗啡。或者救助，或者抚慰。

电影呢。

电影也一样。满足幻想，逃避现实。

你似乎是个悲观主义者。

我只是一个习惯在虚无中钻牛角尖的人。和精神病的某种起因类似。我笑。我感觉自己有些捉弄他。

电影能够表达虚无吗？

不用表达，只做展示。虚无存在于时间，存在于呼吸，存在于风中飘落的树叶，一张白纸，一颗水滴……万事万物。

平时常研究禅宗？

禅对我们说，梦幻空花，何劳把捉。但在现实中，我们要四处奔波觅食，为自己寻找栖身之处。研究无非是想让自己感觉平静一些。

我突然之间有些失望。我总是从微小的一句话或一个细节里判断出某种气息。也许他不是我的同类。他的眼神和神情里没有敏感，及一个敏感的人所具备的紧张。敏感的人都需要某种逃遁。戴墨镜，长途旅行，深居简出……这都是方式。很多人在使用。绝非时髦，而是心理需要。

靳可会是一个能够掌控全局的好导演，但不会是一个能打动人心的电影人。后者即使只是设计掉落在桌子上的一束光线，都应该有对自己对这个世界的理念和姿势。也许他可以模仿或博取众长，然后拍出一部很卖座的商业片，但他不会了解我的小说。

他如何去拍一个日夜穿行在城市的地下铁里，为情欲和空虚所驱驰的男人。属于一个男人的幻觉，沉沦和解脱。

在我写着那个男人的时候，我看到他的手。修长的手指，空空地蜷缩着。只有在孤独或和女人做爱的时候，他的手指才是有力的。他的手夹过三五的香烟，摸过光滑的肌肤，穿行过海藻般的长发，沾染过腥味的血液，揉搓过清澈的眼泪，吹拂过空虚的风……他的手最后告别了这个城市和他剩余的最后百分之十的爱情。

但是在电影里，他只是一个面无表情的英俊男子。他就像一具木偶穿行过城市沸腾的阳光和人群。

我们谈了一些构想，然后在咖啡店分手。我对他说，我需要考虑。要么不做，要么做到极致。对我来说，没有等待蜕变的时间。没有人给我时间。他说，我知道。你是个完美主义者。

他给了我名片，我放进牛仔裤的裤兜里。

独自在淮海路闲逛到天黑，然后慢腾腾地走向地铁站。

被热气蒸发着的城市渐渐平息下来。地铁站挤满了人。附近的书店和小店铺可以打发很多时间。有一种拍照片的机器，丢了钱就可以对着镜头自己摆pose。很多人在那里自娱自乐，做鬼脸或装酷的表情。拍了小小的黑白照片，贴在手机盖子上，杯子上。我也是一个自恋的人。路过商店的橱窗会在玻璃里寻找自己的影子，直到撞着了电线杆。城市里的很多人都容易感觉孤独。

在小店铺里买了一瓶午后红茶。日本人让Audrey Hepburn来做这个茶广告。那个在《罗马假日》里穿白衬衣棉裙子落入民间的公主。晚年她作为联合国的亲善大使多次赴非洲开展慈善与救助活动。一九九三年死于传染病。

我不喜欢生命过于圆满的人。不喜欢容颜完美无缺的人。不喜欢性格坚不可摧的人。人的生命应该是丰盛而有缺陷，缺陷是灵魂的出口。

带着红茶夹在人群里进入车厢。地铁在黑暗的隧道里穿行，发出金属碰撞的刺耳叫声。人民广场站是乘客最多的一站。门一打开，就有潮水般黑压压的人群涌进来。大部分是外地民工，扛着肮脏的散发着异味的行李。他们头发蓬乱，穿过时的散发着气味的衣服。脸色灰暗。和行李蜷缩在一起，屏住呼吸。地铁将把他们送往火车站，送他们离开这个城市。

他们曾在这个庞大的城市里生活。在卖早点的摊上炸油条，制作拉面和馒头，在建筑工地搬砖头……每个人都在为生存出卖着时间和身体。即使是在高级写字楼办公的白领那又如何。开上十几个小时的会只能抽空泡一包方便面当作晚餐，领取高额的薪水，然后在淮海路连卡佛百货买奢侈品安慰自己的辛劳。

我们带着强盛而盲目的欲望。也许有若干所得，也许一无所获。大部分人都是在营营役役地生活，并未取得余地。有时候我想象一个被注视的距离突然无限延伸，穿越城市，穿越大气层。从太空往下看，这只是一颗孤独而傲慢的蓝色星球。每个人走在既定的路线上，只有那些有预感的人才会有惶惑。而注视着我们的又是什么呢。

地铁到达了终点站。上海火车站。穿过地道，走到灯光通明的广场上。

在广场旁边的小店铺里，买了一份三明治和刚出版的一份报纸。它提供整个城市吃喝玩乐的最新讯息。包括音乐，网络，时尚，美食，健身，爱情小说，电影，新闻，经济等种种包罗万象的内容。买它是因为上面的填字游戏及漫画。我拿着报纸，一边咬着装在保鲜纸里的三明治，走向横跨马路和人群的天桥。

在天桥楼梯旁边的角落里，一个光着双脚的男人蜷缩在凉篷下面。穿着衬衣和西裤，西装皱巴巴地扔在地上。西服是深蓝色的，袖子上有制服的商标。他俯躺在地上，嘴巴下面有一大摊呕吐物。因为这里没有灯光，所以在阴影里看不清楚脸，只看到皮肤是惨白的，像一具尸体。但凑近了看，整个人偶尔还有间歇性的轻微抽搐。

很多人在他身边经过。双脚疾速地掠过，没有人稍作停留。灰尘和尾气交织的污染空气混合着肉体散发出来的汗酸味，每个人都在神情惶恐地赶路。一个矮胖的中年男人停下来，手里拎着一只公文包。他围着地上的男人转了一圈，然后在阴暗中咧开嘴巴对我短促地笑了一声。他说，这个人是吸毒的。没救了。然后他上了天桥楼梯。

我又坐地铁到人民广场。夜色中的大楼灯火灿烂。爬上草地旁边的台阶，坐在那里喝完了红茶。在黑暗中抽了一根烟。把喝空的红茶塑料瓶子对准垃圾桶丢过去，瓶子碰到铁皮桶，发出“哐当”一声突兀的声音，惊动了树丛中一对在亲昵的情侣。我跳下台阶，旁若无人，慢慢地离开了广场。

城市繁星闪烁的夏日夜空，骚动而沉闷。这就是城市的夜晚。空空如也。无药可救。我在马路上张开手臂，像鸟一样尖叫一声，然后撒开腿跑过去。

夏天是我的休眠期。从六月份开始，只要在电脑前坐下来，就会让我有一种呕吐感。外面太热，无处可去。能做的事情就是睡觉和阅读，及不断地做食物给自己吃。

独自在房间里过上一轮又一轮的二十四个小时，感觉意识渐渐失去了重力。一切都是无所依傍的。空气是重叠的寂静。我在房间里走来走去。想着如果自身的分裂能够维持变化，那么我能感觉到我的身体和灵魂，像花朵的重重花瓣逐层打开，像细胞的蠕动和繁殖。唯一的方向只是加速死亡。

失眠的时候上网。网络是科技对人类有益的最好证明。很多有趣的东西。一个上海的读高中的女孩写了一封给自己的情书。北京男人拍了刚出生的女儿的照片扫描上去。还有人写长长的爱情小说，贴在上面免费展出。你可以在上面购物，谈恋爱，吹牛，骂人，结婚，聊天，做爱，打牌，下棋，听音乐……随时有整个地球的陌生人在网络的另一端出现。向你问好。和你做伴。与你争执。对你说我爱你。

在我的主页论坛上，我看到一则关于星座的帖子。标题是巨蟹的阴暗。

巨蟹座的人一半纯白，一半阴暗。这里只讲后者。

他们缺乏安全感，年幼时的孤独常常让他们有无根据的恐慌，并且喜怒无常。他们习惯回忆，喜欢历史、收藏、博物馆和政治。

他们喜欢摄影，百分之九十以上的巨蟹们有照相机，他们喜欢伤感的影片，能清楚记住每一个情节。

他们天生悲观。爱骂人，脾气古怪，会突然爬进保护性的壳里。在受伤后他们很少反击，只会放弃；逃避是他们的习惯，他们对自己渴望的东西总是先退到一边，似乎毫不关心然后突然扑上去。

他们没有很强的适应能力，却有天生的领悟力。

他们以自我为中心，懂得自我保护，最关心的人是自己。他们最害怕孤独，但又注定了孤独。

他们常常生病（体质不好——注意力过多集中在自己身上所致）。

他们有很多秘密。他们把真实的自己藏于夜半的寂静和午间笑声的明朗中……

我的生日是七月。即将到来的炎热。我会很清楚地记得我的生日，它们用钢笔写在一张发黄的出生证上。字迹已经模糊。但是和我的父亲母亲有关。生命充满太多偶然，只是河流上漂浮的落叶，情缘迷离，随处停靠。我也相信和夏天有关。这是一个充满幻觉的压抑的季节，常常导致死亡。夏天出生的孩子，有一层坚硬的壳，护着脆弱的心。

这是最混乱的搭配。导致他们始终在寻求着阴暗，以取得安全。

我认识的很多巨蟹座的人，他们都有一张隐藏着秘密的阴郁的脸。我也是。

开始更频繁地去借片子看。让电影一轮一轮地在失去睡眠的夏天夜晚如花朵一样盛放。日本片，欧洲片，香港台湾的艺术片，岩井俊二，北野武，宫本亚门，松冈锭司，王家卫，陈果，关锦鹏，叶锦鸿，崔允信，黎子俭，马克斯奥夫尔斯，楚浮，高达……

常穿着洗得灰白的粉色棉裙，一双木拖鞋，晃晃悠悠，抱着DVD的盒子走在去音像店的路上。我做了一张租借卡，几乎每天都去。顺路会买一份《看电影》，了解全球的电影票房排行榜。幸福始终充满着缺陷。生活平淡无奇，并无任何奇迹发生。

我要朝着街道一直往前走。经过超市，花店，报亭，洗衣店，菜市场，蛋糕店，然后左边拐弯，进入一个逐渐狭窄起来的巷子。那里开始有成行的浓密樟树，散发出刺鼻的清香。在零碎而紧密的小店铺之间，有一个刷成黑色的有阁楼的木头小屋。门上有一块木牌，用白色粉漆写着“1937”。

这个店是四个朋友合股开的。“1937”是每个人出生的月份加在一起。经常在那里值班的是卓扬。一个双鱼座男人。二十七岁的上海男人。有时候他接些单子做软件。但大部分时间都是在这个店铺里。

店不大，排着疏落有致的黑色铁架。左面放着欧洲艺术片和老电影的碟片，右面是古典和摇滚CD，中间散放着些DVD和卡带。DVD基本上是清一色的亚洲、欧洲艺术电影，没有一张好莱坞商业片。四周的墙壁贴着海报，临窗放着一张松木清漆的长桌子，上面放着八盆形状各异的仙人球。灯是白棉纸的灯笼。

卓扬穿黑色的大T恤，旧牛仔裤和球鞋。头发剪得短而干净。温和的脸。

我非常注重每一张陌生的脸所带给我的直觉。在有些脸上能看到残缺的纹路。有些脸上交织着时光的阴影。有些脸上是经年的雨水和潮湿。有些脸上则只是干净的阳光。

店里总是放着音乐。他喜欢黄耀明。那张《光天化日》，妖娆磁性的男声唱着，我对着青空许愿，找一个宽广的平原，不需要砖，不需要穿，跟你，幸福恋爱……卓扬轻声地跟着哼唱，一边手脚麻利地登记，收钱，或者用褐色的再生纸把CD包装起来让学生拿去当礼物送。

他的收银台不是普通音像店里那种围起来的高而窄小的台子。那是一个松木柜子，做了很多个小抽屉，抽屉上有细麻绳做的拉扣。摆一只红色的陶罐，里面总是放着糖果。常来的顾客会知道在里面能摸到水果糖或巧克力吃。总是会在等待的时候，伸手进去摸糖果。

卓扬说，这里面有今天的好运气。

他推荐过很多好的CD给我。他建议我多听音乐。我喜欢的歌手很少，P. J. Harvey，Tori Amos，Cranberries，Cocteau Twins，Bjork，Sade，五轮真弓，玉置浩二，暴暴蓝，国内的只听王菲。卓扬推荐给我恐怖海峡，The Cure，U2和Bon Jovi。

他说，有愤怒的音乐能提醒一个人保持清醒。

他有一个女朋友叫羊蓝。是个漂亮的上海女孩，大学同学。毕业以后在一家日资公司做秘书。双休日她会过来，在那里吃水果，看一下午的电影。

我们熟悉得很快。我在他那里会逗留很长的时间。有时候也帮他管一下店铺，当他出去办事的时候。我坐在那张松木桌子后面，一边抽烟，一边看小店里的人来人往。大部分顾客是附近学校和住宅区的学生。年轻男孩和女孩的头发和身体的气味，带来有微微生涩的感觉。

我和他们说话，在帮他们放唱片和包装的时候，看他们清澈的眼睛和笑容。我离群索居的日子已经很久。陌生人的气味让我兴奋。

他们都很年轻，有一双挑剔的不喜欢忍耐的眼睛。他们看很多的电影，从此会对这个世界更加地不耐烦。

有时候中午我们一起吃饭，叫的是附近的盒饭。坐在小板凳上，两个人低着头吃饭。盒饭里面有青菜，蘑菇，荷包蛋和排骨。我把排骨夹到他的饭盒里，又把他饭盒里的蘑菇夹过来。吃完饭看着店门外面的正午夏日阳光。阳光下有散步的狗疲倦地走过去。樟树在风中轻盈坠落满地的花瓣。满满一屋都有树叶的清香。

我们抽烟，喝冰冻可乐。店里空荡荡的，已经没有人进来。

他还是放黄耀明的歌。这个妖娆的男人，有丝线一样华丽而让人浑身紧张的声音。他唱四季歌，红日微风吹幼苗，云内归鸟知春晓，哪个爱做梦。一觉醒来，床畔蝴蝶飞走了，船在桥底轻快摇……然后他又放日本的Kiroro，那个高亢得接近透明的声音在唱，神啊，我好不容易终于爱上了一个人，我总是若无其事的样子，我想说的话你也不一定想听……

我说，跳支舞，卓扬。他站起来，笑着看我，他说，那就放一支舞曲。

空荡荡的店堂里。阳光一缕一缕地晃动。一支烟还夹在我的手指上。他的嘴唇薄薄的，有温情而清秀的线条。我看着他，轻轻把脸俯过去，靠在他肩上。黑色的棉T恤很柔软，散发出男人淡淡的汗味。当我们分开身体的时候，我看到手指间的烟已经成了一截长长的烟灰。有几次，夏天突如其来的大雨会在不知不觉间，哗哗地下了起来。

就是这样。六月的时候，我有一个朋友。是开着一家有音乐有仙人球有糖果的店铺的双鱼座男人。他有女朋友。但是不常来。我在那里给他的仙人球浇水，擦桌子，扫地，有时候一个人看温德斯的《德州的巴黎》，一边看一边在优美的音乐和金斯基的蓝眼睛里流泪。我用手背擦眼泪的时候，卓扬就笑嘻嘻地走过来说，傻女人，把他大大的手盖到我的脸上去。

关于他和羊蓝的事情，这对我不重要。双休日的时候我不在那里停留太长时间。那个女孩子有一张充满欲望的脸。常穿着昂贵的套装，一双眼睛跟明镜一样。把所有的得失看在眼里。她让我感觉不舒服。感觉世界突然变得窘迫。我不愿意去看她的眼睛，嘴唇和笑容。这和卓扬没有关系。

他们常吵架。卓扬偶尔对我提起。他说，羊蓝一直希望他能够进入大公司去工作。她把他开店，然后业余做软件的方式称为混日子。他说，乔，其实我也喜欢做软件。但不喜欢整天受别人限制。

我说，也许钱多一点，她的抱怨会少一点。

这个店维持在这里，大家也是因为有兴趣。赚钱是其次的。

但女人对爱她的男人不这么想。如果你现在不能满足她，请加油。因为一个女人的愿望如果不能得逞，不会消失，只会增强。

我本来不想把话说得太尖锐。羊蓝这样的女子，很明显她需要兰蔻的化妆品，Prada的套装，Gucci的鞋子和皮包……每周最好能去健身中心和美容沙龙，成为其中的会员。来回有高级轿车的接送……即使在校园里有些许青梅竹马的爱情，一到了纸醉金迷的社会里，很快就被吞噬。她是在市区最高级的写字楼上班。她也是身不由己，并无过错。

只是这个穿黑T恤，牛仔裤和球鞋的男人还能带来什么？他明显已经跟不上她的脚步。

事情还是来得比较快。那是个下雨天。阴雨几乎已经持续了近一个星期，我每天足不出户，躲在家里睡觉，看片子。然后对着电脑写东西。我关注电脑里的业务邀稿信，关注哪本约稿杂志的发行量大，稿酬高，付款爽气，编辑较为亲切。又接了几个专栏，同时开工，并且力求精益求精。我想我的敬业态度比那些在办公室里无所事事的人要专业得多。

写作唯一的好处是可以远离人群，远离所有的尔虞我诈和是非。对这些纠缠我没有任何耐性。我看到过很多在大公司里任职的人，心里算计得跟明镜一样。例如羊蓝。那是我不喜欢的人和环境。

傍晚的时候写得正酣畅淋漓，听见手机滴滴答答地响。卓扬打来的电话。

乔，你在？

我说，你在哪里。

在衡山路。

怎么了？

外面在下大雨……他沉默。我听到哗哗的雨声。他一直不说话。我心里大致已经明白。我说，我先过来再说。你等着。

我关上电脑，拿了外套就往下面跑。已经好几天没有出门。在镜子里我看到自己脸色憔悴，嘴唇失色，头发粗糙，浑身散发出一股潮湿发霉的味道。但是这一切已经不再重要。卓扬在伤心。他被自己或被别人伤害了。

雨还是很大。卓扬站在街角。靠着灰暗的墙壁，双手插在裤兜里，头发和衬衣已经湿透。他说，我和羊蓝吵架了。

这不是常有的事情吗。过几天就会好。

不……这次不同。今天是她生日……

那你去找她啊，带她出来庆祝。

她和她的老板在一起。一个日本人，四十多岁。我很早就知道他在追求她。他们现在在一起……还有她的同事。他们在钱柜唱歌。

我看着他。我知道他们两个人该说的话应该也已经说绝了。这些问题是他无能为力的。只是他在伤心。

我说，走。我们找她去。

我不知道。我不知道要不要去找她……我很难过。

这个温和的喜欢犯糊涂的双鱼座男人。这个种着仙人球不理解感情和现实的男人。他哭了。

我们打的到那家卡拉OK店。羊蓝和她的同事朋友们包了一个房间。她的老板也在，一个矮个子的日本中年男人。一屋子喧哗的男女，高声地唱卡拉OK。可是羊蓝对我们置之不理。我点了一根烟，靠在门框边的角落里。卓扬向她走过去。这个伤心的男人，他说，羊蓝，你跟我走。

……

羊蓝，跟我走吧。

……

羊蓝，跟我走好不好？

……

我看着那个女孩一脸冰霜，站在她日籍老板的身边，而众人均以异样的眼光扫射着我们。羊蓝说，你出去，我们之间已经完了。她略带恐慌地回过头去，对那个日本男人说，他是我一个朋友，常常喝醉闹事。

她在解释。我走上去，拉住卓扬的手臂，劈头给了她一记耳光。我说，你到一边去，卓扬。

我转过脸对羊蓝说，这个男人现在和你没关系了。他对你付出过的真心，为你耗费过的时间精力金钱，对你承诺过的海誓山盟，现在都一笔勾销。如果你不能理解什么叫形同陌路，那么我来演示给你。

我从桌上拿了一个啤酒瓶，用力把它砸在地上。玻璃碎片和泡沫飞溅，在混乱的躲避和尖叫声中，我拖住卓扬，带他下楼。

走到外面，才发现自己的手指流血了，大概是被玻璃划的。拿出纸巾把它包裹起来，问身边那个失魂落魄的男人，你有烟吗。他给我点了一根，放在我的嘴唇上，又给自己点了一根，闷头抽烟。抽完烟，我们站在大雨滂沱的街头等出租车，寒风让我发抖。

乔，谢谢你。他说。

我看着他，我把他的头抱过来，抚摩他湿透的头发，我说，你回去好好睡一觉，或者先喝点酒，洗个热水澡。其实一切没有什么。也许你并不足够爱她，你只是爱你自己。舍不得让你自己受一点点伤。

我很难过，乔。

我知道。但过一段时间就好了。不会太难。这个城市里爱情是容易发生容易忘却的事情。不要把它看得太严重。

就这样卓扬失恋了。在那个夏天。紧跟着来的倒霉事是，店铺因为越来越有口碑，招来了记者采访。记者把店铺报道在这个城市最流行的时尚周刊上。于是工商管理局也知道了，要来追查。他们只好先关起门来躲避一段时间。

卓扬空闲下来。终于决定去面试。跑到一家家香港或美国的软件公司。如果通过的话，他将重新开始过朝九晚五的生活。我说，这样很好啊。事情一多，就不必追忆往事，长吁短叹。卓扬神情压抑，一个人低着头闷声地踢着路上的小石头。他曾经是个快乐的男人。但是快乐太单纯，所以容易破碎。

他走了一段路，突然对我说，乔，羊蓝前段时候来找我了。

怎么了。

上周。她等在我家门口。在哭。对我说，我怎么可以这样就丢下她不管……

她在那边肯定有所碰壁。卓扬。她需要安慰。不是需要你的爱情。你要明白。

是。我明白……乔，你一直如此清醒。

那是因为我从来不自欺欺人。卓扬。我只看真实。

我准备去宜家买点家具。那一天，我的心情有些消沉。独自坐地铁去万体馆。去Ikea家居对我来说，其实算是一项休闲活动。我的生活时有窘迫，但还能保留一些奢侈的习惯。比如可以选择一个下午，坐地铁贯穿大半个城市。只为了去看家具。

Ikea生意兴隆。很多人拎着黄色的大购物袋，心满意足地拿着木板藤条篮玻璃瓶木头相框往里面塞。

我梦想中的卧室有一张四柱木床，环形挂圈垂下蕾丝纱帘。雪白枕头和垫子，缀满细巧的刺绣蕾丝花边。装着清水的玻璃瓶，浸着栀子花的花朵和绿色叶片。

至今我还没有碰到一个可以把家的概念放在他身上的男人。没有一个男人让我感觉到“家”，甚至不奢望他有钱或可以娶我。只要一个房间能够把我喜欢的东西搬进去，让那个人和我分享。

想起以前和小至在一起的时候，我们在地铁站附近买到大束便宜的鲜花。她抱了满满一怀的玫瑰和百合，一直叹着气说，回家就我一个人看着它们，就我一个人……我的大半辈子也许还是在不同的租住屋里流离失所，睡着它们提供的有着陌生气味的床。

买了一只书橱和胡桃木储物柜子，三罐清漆。再买了一张伊朗手工纯羊毛地毯，深蓝和草绿交织的颜色。叫了一辆货车，把那些装着木块木条的硬纸箱搬回家里。接下来就是要按照里面的图纸开始油漆和拼装。做完油漆已经天黑了。没有办法做饭，接着干。

但那些螺丝木块终于让我沮丧起来。我并非是组装一只航空飞机模型，而是高大的原木家具。我的手指破了，流出了血。

坐在一大堆散乱的木板里，我给卓扬打电话。从来没有主动给他打过电话，邀请他来我的家里。但那天晚上做了。我很饿，很累，心情低落。卓扬用了半个小时赶到我的家里，用了两个小时整理完所有的东西。然后走进厨房开始为我做晚饭。

我说，我出去买点东西。我的心里很感动。那种感动让我觉得不适应。这个男人帮我做了所有麻烦的事情，他在照顾我。走到夜色里，慢慢地踱步。眼泪暖暖湿湿地流下来。没有声音。好像仅仅就是一些莫名其妙的液体。我一边抽烟一边用手背擦掉那些液体。路过超市，买了一瓶苏格兰威士忌，一条红双喜香烟。

那个晚上我们在一起。在我的房间里。从没有男人来到过这里。我自己住。但是那个晚上，一个男人给我做了晚饭。

吃饭对我来说，是非常私人的行为。如果单独两个人吃饭，通常他们的关系已经具备亲密的前途。很久以前看杜拉斯的电影《情人》。那个瘦小而眼神灼热的女孩，和男人做爱以后跟随他去餐厅吃饭。她贪婪的吃相，手抓着食物，大口地咀嚼。眼神躲避着那个男人。非常可怜。她的身体刚刚已经是他的了，再没有什么欲望可以对他隐藏。食物是最激烈的欲望。

我看着摆在餐桌上的菜：西红柿鸡蛋，清蒸鳊鱼，青豆虾仁。还有蘑菇豆腐汤。简单的家常菜。卓扬把袖子卷下来。他说，我不会喝酒。

就喝一点点，我给他倒酒。房间里就我们两个人。寂静。一如既往的寂静。但是有了一个男人的气味，这种气味使空气变得温暖。这顿饭我们吃得很慢。他一直对我说话，说他和羊蓝以前的故事，一边说一边哭。他说，他肯定自己已经不会再接受羊蓝。他原谅过她很多次，这一次走到了绝壁。他喝了很多酒。说累了。也喝醉了。

-

我一直很清醒。清醒地聆听着他。为他倒酒。和他一起喝酒。看着他哭。时钟指向凌晨两点，外面下起滂沱大雨。

大雨敲击在玻璃窗上，发出钝重的声音，惊心动魄。我想起以前常常做的一个梦。一个人抱着被子在夜色中走，天很黑，风也寒冷，我不知道自己去哪里，却一直在那里赶路。在路边等出租车。车子不来。我又继续走，渐渐地渐渐地觉得无助。兵荒马乱的感觉。我心里藏着那个温暖的愿望。想找到那个地方把被子铺开好好地睡觉。但是走不到。

这是一个理所当然的噩梦。再没有比它更让人灰心的象征。

我把卓扬扶到床上。脱掉他的黑色T恤，肮脏的牛仔裤和球鞋。我用浸了热水的毛巾擦拭他的身体，用被子盖住他。整理厨房，把碗洗掉，给自己倒了一杯冰水，站在玻璃窗前，看着大雨慢慢喝完水。街上路灯一片模糊的晕黄，没有一个行人走过。我走到床边，把衣服脱掉，躺在卓扬的身边，轻轻把头埋在他的颈窝里。

直到那一刻依然没有想过做爱。只想这样贴着他的身体，感受他血液和肌肤的温度。我们都不是对情欲无法自控的人。卓扬是洁身自好的男人。他干净得看不到情欲的阴影。

窗外大雨汹涌而盲目。大雨让人感觉茫茫天地间的寂寞。

也许只是因为大雨。

卓扬的呼吸里有柠檬的清香，那是体内肠胃健康干净的男人才会有的气味。那是一个存留着单纯而脆弱的幸福的男人才会有的气味。他跳动的血管传过来热情，它们是深深海底的鱼群向我游移过来，用甜美的嘴唇碰触我。银白的鳞片迷乱地闪烁。

我们镇静下来，像被潮水冲上岸的鱼，看着彼此无辜的身体。他转身下床，走进了冲淋房。

打开灯看看时间，是凌晨四点多。大雨已经变小，只听到淅沥的残余雨声。拿出烟来抽，走到玻璃窗边，看到外面深蓝色的雨后夜空。想不出前一次做爱是在什么时候。应该是很久很久以前了。有一段时间对男人的身体没有任何兴趣。

只是喜欢和小至在一起。和女孩子一起在外面四处晃荡。

卓扬收拾得很干净地走出来。他的神情还略带尴尬。我说，听点音乐吗。他说，不。乔。让我想想。

想什么。这并不意味着什么，卓扬。不要给自己套上罪恶感。

我知道。你从来对什么都不在乎。

今天是我的生日。本来不想告诉你。我在生日的时候总是心情不好。

希望你能够快乐。乔。我想我能带给你的东西不多。我很清楚。我只是不知道你为什么对一切都无所谓。

他走了。我起身去小冲淋房洗澡。热水顺着身体的肌肤往下流淌的时候，感觉到深深疲倦。躺回到床上，把酒瓶里剩余的酒全部喝空。拉开被子，扎扎实实地睡了下去。

不知道睡了多久。是尖厉的电话声音把我吵醒。迷糊地接过电话，一边看看时间，是中午十一点多。电话里是靳可。这个北京来的拍电影的男人。

他说，乔，我还是对你的小说有兴趣。或者你可以重新写一个故事。如果你觉得我们可以合作。我的几个朋友都对我提了，说我应该和你联系。

我说，你到底有没有认真看过我的小说。

没有。他坦白地说。我只看剧本。

那你怎么知道我们合作肯定会好。

我有直觉。他说。希望你有空能来北京，我们再详细谈谈。你的新小说可以现在构思起来吗。

好吧。我想想。

我挂掉了电话。想回到被窝重新睡。刚睡了两分钟，电话又响起来。这下我是彻底被惊醒了。这个倒霉的早晨。

乔，我被录取了。一个香港公司。卓扬清楚镇定的声音。他说，昨天你生日也没有替你庆祝，今天晚上出来一起庆祝。

我去淮海路等卓扬。跳上了一辆公车。车厢里很空。阳光透过玻璃窗猛烈地照在脸上，使我昏昏欲睡。我挣扎了一番，还是睡了过去。

我的梦在继续。这一次看到自己抱着被子，走出一个房间。门外是紫色的山谷，翠绿的河流。一个男人慢慢地走过。他的衣服掠过我的脸，熟悉气味像风一样掠过。心里颇费猜疑，忍不住跟着他走。我们慢慢地走，走……我问自己，为什么感觉到紧张。他即将上山。等在入山的小路口，背影朝我。我想，他要带我去吗？心里惊跳不已。突然抬起头，看到天空是血红的。血红的天，白云像棉絮一样大团大团疾速掠过。

这种惨烈的景象让我无法呼吸。魂魄要被吸了去般地空掉了。

悚然地睁开眼睛，看到阳光里的空气尘埃飞舞。梧桐树招摇着绿色的大叶片，我的眼睛一阵刺痛，眼前飞舞黑色的阴影。看看周围，依然是空的车厢和面无表情的几个半途上车的人。摸到额头上的汗，天气开始热起来。我下了车。

为了安慰自己，走进百货公司。

很久没有买新衣服，也不买化妆品。除了香水，买来也只是放在抽屉里，在一个人的时候喷在手腕上闻着玩。在上海男人的眼光中，我应该是那种极其邋遢和粗糙的女子。

在巴黎春天看到一条刺绣的棉麻白色连身裙。摸在手里，微微硬挺的柔软触感让人心情愉快。一个胸前扣着工号牌的女孩子满脸戒备地走过来，提醒我价钱。一千三百五十元。我对她笑笑，然后离开。有新款的香水是百分之二十的茉莉和百分之八十的樱花味道。Cherry Blossom。这都是容易枯萎的花朵。包装纸盒上描着一朵一朵粉红色的樱花，美丽至极。不敢碰它的试用装，怕自己动了占有的念头。放下它心情愉快地走出了店堂。

大街上，常看到那些不厌其烦的男人。一手拿着大包小包，一手揽着女友的腰，说话的腔调缠绵悱恻。沪腔的发音柔软而余韵袅袅，一切都在欲推还迎中。说着上海话的上海男人，他们有莫名其妙的地理优越感。懂得如何跟随潮流气息地吃喝玩乐和打扮。有暧昧的感情，容易喜欢女人，但不容易付出自己的全部。他们是自命不凡又备受压抑的男人，有许多微妙的值得玩味的地方。

现在我认识的上海男人出现在我的面前。卓扬穿着黑衬衣和黑色的西装，他说他刚从新公司回来。我笑。他脱掉西装，把它搭在肩上，脸上的表情还是快乐的。他说，你不要笑，以后就看惯了。为了它的薪水不薄，我自己已经先习惯了。先请你好好吃一顿。

逆光站在夜色中的时候，他的脸散发出陌生而温情的味道。我们沿着步行街走，看百货公司的橱窗。他对我说他的公司，絮絮叨叨，略显兴奋。

我们去了日本料理店吃寿司和生鱼片。他说，羊蓝又来找他一次。那个日本男人有老婆孩子，根本就没打算认真。突然想起小至。很想念她。不知道她现在到了哪里。她没有打电话给我，大抵是日子过得过于幸福或者太不幸福。

每个女子都曾经有过灰姑娘的梦想。以为自己坐着一辆南瓜变成的马车就可以找到王子，只因为本身何其贫乏。

我说，你拒绝她了？

是。我对她彻底说清楚。

你看，卓扬。爱情不过如此而已。

是。有些爱情不过如此而已。

他坐地铁送我回家。在地铁出口他买了一只哈密瓜给我。他说，你应该多吃点水果，你的脸色灰暗，皮肤很干燥。我说，抽烟抽多了。不抽又不行。我把那只瓜接过来，抱在怀中。他是一个温情脉脉的双鱼座男子。他对身边的女人都很好。

我说，我们在这里告别吧。给我一根烟，点上。他点上了，放在我的唇间。我笑笑，叼着烟，侧过去用我的脸贴他的脸，算作吻别。他沉默着，然后就是在这个时候，他拉住了我。阴影中看不清楚他脸上的表情，只听到他说，嫁给我，乔。

我说，好，没问题。

他说，我一直都很喜欢你。乔。

这句话就似乎有点严重了。我说，不要开玩笑，扬，最近我没心情。

我真的要娶你。乔。我希望能照顾你。你是聪明的女子，聪明的女子都值得同情。他从口袋里摸出一瓶香水给我。他说，想你可能会喜欢。是樱花味道。今天早上买的。

我抱着一只硕大的哈密瓜。手里捏着一瓶香水。叼着一根烟。

独自走上楼梯。腾不出手来开走廊灯，又懒得放下瓜，就在漆黑中摸索，一步一步小心地向上跨越。

寂静中脑子里掠过很多问题，问自己，是要这样一辈子写字养活自己，还是让另一个男人来和我度过余生。哪一种方式会让我感觉更安全更快乐一点。每天都在写，写，写。写着我的幻觉，我的涂鸦，我的孤独，我的房租，水电费，电话费……每天让自己吃饱穿暖，看很多电影，以便让生存略显愉悦。可是卓扬对我说，我是聪明的女子，聪明的女子值得同情。在他眼里我是一个畸形的人。全身暴露，没有任何防护措施地生活在现实里。一目了然。所以，他用怜惜的眼神看我。

男人大抵总是会爱上在他感觉中需要保护或能够保护他的女子。而我，我只是想有那么一个人。在风中把一根点上的烟，放入我的唇间。每天每夜，看着我老去……

拆开香水的包装纸，把香水瓶拿出来，喷了一点点在手腕上，举起来闻。空气中有淡淡的花香弥漫开来。那天晚上很累，没有洗澡，没有脱衣服，裹着香水味道躺在床上就睡着了。

答应卓扬去见他的父母是三天以后的事情。

那三天什么都没想。当卓扬说，要带我去他家里吃饭的时候，就答应了。他说下班以后就来接我。下午快递送来几个印着百货公司名字的纸袋子。里面是新的夏装。白色短袖棉衫。碎花齐膝裙。细高跟系带凉鞋。

他在宠爱我。

穿上衣服和鞋子。头发涂了橄榄油，好让它们看过去显得服帖一点。拿出丢在抽屉里好几个月的旧口红，抹了一点。整个人看过去亮丽起来。

我是个懒惰女子，觉得打扮自己简直是最耗费精力的事情。心里莫名的烦躁。天气闷热，快到八月了。拿出一根烟来抽。突然发现镜子里的人手里夹着烟的样子显得突兀起来。我要为这个男人改变自己吗？就因为他给了我哈密瓜，香水，新衣服和求婚的诺言？

一个女子的寂寞就是这样的不堪一击。可是我想，我是有点害怕了。如果一个男人对我伸出手。如果他的手指是温暖的。他是谁对我其实已经并不重要。

事情发生得很快。在我走进他家里的时候，我就闻到了结局的气味。

那是一幢陈旧而整洁的学校教师公寓。他的家在一楼。房子后面的空地有大片的树林。门前有桃树，结着小而僵硬的果实。草丛很浓密。走进去的时候，卓扬的父母都在厨房里做菜。房间很大，三室一厅，装修得干净普通。像所有殷实而平庸的上海家庭。空气里有属于一个陌生家庭的琐碎的气味。这种气味从桌子，墙壁，沙发，茶杯……每一件物体里弥漫出来。

这陌生的气味包围了我。我把在路上买的巧克力放在桌子上。客厅里，电视在放股票信息。卓扬对我说，他的父亲退休以后就一直在炒股。我在几分钟里面就判断出这个家庭的本质，父亲温和老实，母亲能干强硬。他还有一个弟弟。在读大学。

和这一家四口坐在一起吃饭，不适感越来越强。因为这个男人，我就得和三个毫无关系的陌生人吃饭并对他们小心翼翼地微笑。他的母亲一直在肆无忌惮地打量我。我不喜欢这种尖锐神情，里面充满世俗的标准。

她用上海话和我说话，听我讲普通话，就马上说，你不是上海人吗。我说，不是。那个中年妇女的眼神马上松懈起来。

上海人莫名其妙的优越感。我微笑。即使是一个再普通不过的中等人家的家庭妇女。他们觉得每一个来上海的外地人，都是来看花花世界。

她又问，你做什么工作。我迎着她的眼睛，一字一顿地说，我是自由职业。自由职业？她疑惑地看着我。我说，自由职业就是没有工作。

卓扬在旁边马上解释，妈妈，乔是一个作家。她写作，在杂志上撰稿。她还出书。

他的母亲怀疑地看着他。作家应该是离她太遥远的概念。她突然感觉到自己对眼前这个年轻女子无法把握。不能控制局面使她不愉快。于是她说，扬扬告诉我，他要和你结婚。我现在还不清楚你们之间认识了多久，对彼此是否了解。扬扬是个非常单纯的孩子，我们一直宠他……

我低头微笑。我发现自己一直在发笑。

不知道为什么。这顿莫名其妙的晚餐。穿了崭新的衣服，鞋子，涂了发油和口红，走了很多路。跟着这个男人来到他的家里。来接受他的母亲，一个和我毫不相干的女人的盘问和戒备。

仅仅是因为寂寞吗。我的心里黯然。我想也许是寂寞太久。我以为自己可以有一个家。我不再说话。我发现自己已经厌倦了。

一吃完饭，我就告辞。没有给予任何理由。我说，我得走了，卓扬。

卓扬看着我，他的眼神焦虑而疼惜。他送我出去。夜色中月光把马路变成一片白色的荒凉的海洋。在走出小区大门的时候，从裙兜里掏出一只从树上摘下来的小果实。它还没有熟，青涩僵硬。把它在裙子上擦了擦，喀嚓咬了一口。

我说，它很酸，卓扬。就在这时候，我看到卓扬哭了。大滴的还没有破碎的眼泪从他的眼眶里流下来。我伸出手去抚摸它们。我说，你为什么哭。

你不喜欢我的家庭。乔。

这是你的家庭。卓扬。它和我无关。

我知道你小时候应该没有拥有过完整的家庭生活。我还以为你会喜欢。

喜欢一大桌子人吃饭，被别人关心，对别人解释，看着别人的脸色微笑，每天在这么多人的眼皮下面喜怒哀乐孝敬公婆，伺候小叔吗？不，卓扬。你不理解我是如何的女子。我不需要。

可是，这就是正常的生活。如果你拒绝，就是一辈子的孤独。

那又如何呢。卓扬。你以为我会惧怕孤独吗。我只是偶尔会感觉寂寞。两者不同。

不能再和眼前这个男人讨论下去。结局已经出来了。我看得清楚。他离我这么近。我能够闻到他嘴唇里的柠檬清香的气息。可是实际上那是离我很遥远的一个人。

那种远是不着边际，让人迷惘的。就像一个人走在对岸，看得见，却怎么叫也叫不应。想起来我们走在阳光温暖的大街上，过马路的时候，他轻轻把我的手握在手心里。然后到了对面，就轻轻地放开。我再次深深黯然。是，要依然留在原地。没有人能把我带走。

我说，我要走了，卓扬。不要送我。我自己去坐地铁走。

你回家会给我打电话吗。

会。我安慰他。

你要离开我，乔。

我微笑。把手里的核扔进草丛里。多么希望自己有一间这样的房子，后面种着大片的树林，前面有结着果实的树……可以在树下看书，晒太阳，或者晚上一个人听露水的声音。下雨的时候，夜色里有雨滴和树叶缠绵的声音……

可惜。这一切并不属于我。

在地铁站台上脱掉了脚上的丝袜和高跟鞋。它们让我脚跟酸痛，难受至极。终于得到了解放。坐在站台上的椅子上，把丝袜丢进垃圾桶。一边扭动赤裸的脚趾一边忍耐着想抽一根烟的极度渴望。

有个男人站在离我约一百米的位置上。平头。白衬衣。咸菜绿的粗布裤子。咖啡麂皮鞋。肩上背一个大皮包。应该是刚加完班的记者或设计师吧。那种宜人的气质不是短短的日子所能磨炼出来。在这个城市里，见过太多面目张皇，眼神无力，心浮气躁的男人。

我注视着他。在离他约一百米的位置上。他微微侧过脸。他的眼神像风一样掠过我的头发。然后他走进地铁的另一扇门，在人群里消失不见。

在每个人的心里，其实是有爱情的。一直都有。我想。它不是婚姻，不是诺言，不是家庭。它是一种气味。引导着人盲目前行却无从触摸。而这个城市是一个巨大的容器，任何人任何气味掉在里面就不见了。它的黑暗无从测量和计算。荒芜至极。

在依然拥挤的夜班地铁里，我夹杂在各种陌生躯体的中间，听着刺耳的金属碰撞声音和巨大的风呼啸而过。很多面无表情的脸。不知归宿的生活。

发现自己听到了雨声。淅沥的雨声打在地铁车厢上，然后逐渐变得大起来。心里有点滴的温暖复苏，拼命地在空白的记忆里挖掘着线索。想了很久。想起来的是黑暗中卓扬贴近我的气息。他血管跳动的声音。

某一刻，我们曾经互相拥抱，以为能忘却世界的荒芜。然后雨停了。他穿好衣服走了。天要亮了。我睡了。一切不过如此。不过如此而已。边走边爱，人山人海。拿着车票微笑着等待。那是一首歌。

我把头靠在铁杆上，疲倦地闭上了眼睛。

森的一块硬币

生活继续。生活里一些东西常常突然变得没有依靠。像海市蜃楼一样，那么恢弘的壮大的观望，刹那间就消失不见。

和卓扬分开以后，发现自己开始懒散。每天把头睡得晕痛不已。因为心里始终占据着的不安全感，开始频繁地接稿。晚上长时间地写作。抽很多烟。喝酒。持续到凌晨五六点钟才罢休。

不想见任何人，也不想做任何其他的事情。基本上不离开住家附近五百米的范围。懒得洗澡洗头发。穿着旧衣服和拖鞋走在路上，脸色灰暗，头发油腻。

我想，不是因为和他分开的原因。不是因为我爱他的原因。我只是在失望，然后享受着某种自虐的快感。对自己早已灰心。早就清楚自己会选择怎么样的生活和痛苦。早把自己看死。只是再次躲回了蜗牛的壳里面。是这样坚硬而安全，黑暗而潮湿的一个洞穴。

我一直寄居在那里，并无其他地方可去。

卓扬依然有电话来。不多，但持续。不知道可以说些什么。叫着我的名字，嗫嚅着。沉默中只听到信号不好的下雨般的噪音。

我等着他，看着阳光透过窗帘照在陈旧的地板上。我想，总是有些心情是不甘愿的。没有开始的故事，突然就结束了。却凭空多了一段记忆。电话有时候就这样突然地断线了。拿着手机站在寂静中，确定它不会再响。然后把它放回去。

在半夜喝威士忌加冰。灼烈的洋酒感觉低俗，却最容易沉沦。看一部又一部的片子。借不到什么好片子的时候开始看港片。爱上周星驰。这个讲话慢腾腾，常不动声色，常在电影里扮演受尽压迫的小人物的男子。他的喜剧充满了悲情。很明显，这是一个心里有阴影的演员。最初不如意的演艺生涯，带来电影里压抑的情结。有时候也看吴镇宇。是喜欢思考的演员，这从他在电影里常常出现的独白可以看出。一个自言自语的人。就像我独自的时候常对着手发呆，看着十根手指在阳光里做出不同的姿势。如此打发时间。

那天看的是《朱丽叶和梁山伯》。吴君如能屈能伸，本身是一个极具韧性的女演员，从不过分爱惜自己，所以大智若愚。她在电影里扮演一个没有乳房的女人，是个餐馆招待。吴镇宇是每天都在逃债和斗殴的夹缝中谋求一丝生存的流氓。这样的两个人，也开始相爱了。

他去杀人之前拿了她的钥匙。他说，等我回来吃饭。可是在打架的时候反而被别人打死。女人还在房间里等他。做了一桌子的菜，终于等累了。他的魂跑了回来。拼命地跑。只为伸手摸摸睡过去的女人的脸。然后走掉。就是这样。香港底层的小人物生活。看着男人无限爱怜地抚摸着女人并不漂亮的脸。他已经死掉了。她还在等。

眼泪突然潮水一样地翻涌下来。不知道从什么时候开始，任何一个人站在对面，不管他带来如何的爱护，伤害，打击，感动，都不会轻易落泪。流泪是屈服。无处可去的眼泪，却可以在一个人的时候，对着一部做作的电影泛滥。城市生活大抵就是如此。

小至依然没有音讯。但她能够想起自己要做些事情。即使是去丽江追寻她没有方向的爱情，也比我这样穷耗要清醒一些。

我不知道是从哪一天开始。好像是个早上。我通宵无眠，在卫生间里用冷水洗脸。看到自己的脸呈现出一种风平浪静的素白。那张脸终于安静下来了。或者说变得更加麻木。我知道我应该可以开始写一部电影。如果靳可喜欢，那么我还会有一笔额外的收入。

这也许是个恶性循环。钱对我来说，除了维持温饱并没有太大意义。可是当对一切都失去兴趣的时候，只能以钱为目的来做一些事情。还能为什么呢？那些冠冕堂皇，激昂人心的语言只不过是自欺欺人。很早的时候就不再浪费自己的激情去相信这些东西。也不给自己任何理由和借口。

晚上的时候我去酒吧。有热带鱼和威士忌的布鲁酒吧。不清楚森为何把它叫做这个名字。矛盾的表象里总是有隐情。可是我学会了不发问。

那个男人看到我，他说，你好久没来。

是。前段时间有些事情。我恋爱了，差点嫁人。

差点的问题出在哪里。

不知道。我只凭本能和直觉选择。伸手拿过他放在桌子上的酒杯。酒精烧灼着喉咙，胸口，一直烧到胃部，如野火燎原，非常舒服。我闭上眼睛，听到自己发出满足的轻微呻吟。

他微微一笑。淡淡地看着我，眼神镇定。一边在吧台后面飞快地擦玻璃杯子。他的意大利歌剧依然是轻得像要断了一样的声音。那些明亮得凄怅的歌声在隐约处如水般流动。

记得我？

是。因为你总是一个人。趴在吧台上睡觉。你很久没来看那些鱼，它们很寂寞。前几周，我刚又新买了一些鱼放进去。

是吗。我走过去，趴在玻璃前面看。

你可以挑一条你最喜欢的，把它命名成你的名字。

做鱼很好。能够在海底呼吸，偷懒，交欢，游走。不会掉眼泪。

你又不是鱼，怎么知道它们如此就会幸福？

你又不是我，怎么知道我就无法体会到它们的幸福？

他是个有情趣的男人。情趣是指一个人懂得对生活里的细节及陌生人，保留欣赏和体谅的余地。虽然森看过去很平淡。三十六岁的男人。喜欢穿白色衬衣。而且能把一件洗得发旧的白棉布衬衣穿得很妥帖。没有张扬也丝毫不觉得突兀。剃得发青的下巴。唇薄而坚定。手指修长干净，擦杯子调酒的手势灵活。皮肤在阴暗的光线下闪烁光泽。

从未看过他抽烟，喝酒，大声说话。他看人的眼神总是若有若无，说话也是有一搭没一搭。话题可以随时延伸，可以随时终止。他懂得怎样去控制一个陌生人的情绪。或许是因为从不试图控制别人。

每天晚上他都在酒吧亲自招呼客人。我想人和人之间的相遇相识一开始都是这样，平淡无奇没有任何预感。对我来说，有这样一家酒吧和酒吧老板的存在，是一件值得安慰的事情。它可以让我不那么寂寞。可以一边抽烟一边看热带鱼。可以和这个男人说话。可以随时离开。

卓扬的电话终于停止。爱情是容易被怀疑的幻觉，一旦被识破就自动灰飞烟灭。想起差点嫁给这个男人，忍不住对自己微笑。我是没有半点妥协的人。妥协的只有时间。

我只留得写作。开始写作那部电影小说。虽然写作是一种慢性自杀，一点一点地把自己耗尽。从内至外。不动声色。在皮肤每一条纹理，每一根血管里面，慢慢地绽放出来的绝望和清醒。醒来就写，写累了就爬上床去睡。白天黑夜不断交替。我似乎只为写作而生存着。

太多的事情我没有办法做。工作。可以彼此钩心斗角，你来我往。对老板献媚，对同事中伤，动用种种奉承，谩骂，偷懒，投机取巧，贿赂，贪污，威逼等手段。生活何其丰富多彩。结婚。可以和一个男人吵架，做爱，互相贬低指责，和公婆妯娌搞些矛盾，喊屈抱冤。生个孩子，洗尿布，买奶粉，擦拭大小便，半夜起来抱着兜圈哄睡觉，为孩子将来的教育和生计发愁。

这些事情我没办法做。于是也就无法负担和享受它们派生出来的种种痛苦和乐趣。

写不出字的时候，在房间里走来走去，只能抽烟，看碟片，睡觉，吃食物，看片子。出去坐着地铁在城市的地下飞驰。有时候我想，这个城市也许该分成两层。地上的那些人，就让他们在太阳下厮杀，挣扎，为了物质和欲望尽情施展十八般武艺。所向披靡，一往无前。地下的那些人，就让他们在黑暗中很安全地存活着。他们可以安静地相爱。快乐地流泪。

为什么所有的人都要混杂在一起盲目地往前奔走。

我在黄陂路地铁车站走出地道。身边的人流像浑浊河流。有时候我想靠近一个陌生人，问他去哪里，问他可不可以带我去。我心里始终有这种隐藏的动机。小至有一次对我说，我们是具备离开情结的人。任何事情都以离开作为最后的解决。随时都在准备离开。接受离开。不去面对。不愿意让心受到损耗。让自己屈服。

那一刻，我很想念小至。很想打电话给她，听到她懒洋洋的声音。我们一直在寻找彼此的同类。大家分散在人群里，面目模糊，不容易识别。偶然擦肩而过，短暂停留。又各奔东西。

半路接到一个电话。号码是卓扬的。我按了接通。冒出来的却是一个女人歇斯底里的声音，混杂着暴躁和哭腔。乔，你这个臭婊子。卓扬爱的是我。简直难以相信这是举止优雅的羊蓝说的语言。她甚至不等我回应，就挂掉了电话。

如此粗俗无礼的举止。我站了一会儿。分析清楚羊蓝现在必定和卓扬在一起。她想和他和好。他不答应。然后她认为一切原因都在我身上。何必。对自己估价过高，然后要承受寂寞和自尊受辱的双重打击。想了一下觉得同情她。于是决定不还击讨回公道。

是从什么时候开始，变成一个不容易愤怒的人。没有血性，于是就是麻木。

点了一根烟，继续朝淮海西路走。走上延安路天桥，很想趴在栏杆上对着马路大声地喊叫几声。所有的车都在循规蹈矩地开着。所有的人都在循规蹈矩地活着。整个世界除了噪音，没有人发出真正的叫声。身边的人匆匆而过。

一个小乞丐开始注意我。在背后跟了一段时间终于拿着破碗靠近我。他有褐色皮肤，黑色眼睛。瘦骨嶙峋的小男孩，穿着肮脏的衣服，背一个布包。

我说，你干吗跟着我。我没钱。他不说话，讪讪地嬉笑着，依然贴着我走。我叹口气，停下来看他。你从哪里来。他模糊地回答我，湖南，然后把碗举到我的眼前。我说，我也在乞讨，可是没有人看见，也没有人给我我想要的东西。我在口袋里找零钱。没有零钱。只有一张十元的纸币。我说，我最近是很穷的，没有钱。这张十元能够维持我一天不挨饿。但是现在只能给你了。

小孩子只是笑嘻嘻地看着我。他的牙齿又白又大。美丽的牙齿。我把钱放在他的碗里。我说，你也给我一点什么。他咧着嘴似乎听懂了我的话，从布包里翻出一张捡来的旧报纸，塞到我的手中，拔腿就跑。那是一份很破烂的日报，上面沾满来源不明的污迹。把报纸展开来看，迎面是一篇大采访。是个在机关工作的男人，辞职去贵州支援希望工程，去小学教书。那篇采访的题目引用的是男人的一句话，殊途同归。

我和森讨论这个用词。我说，我很喜欢这个词。

森看完那篇文章，把报纸放在吧台上。他说，这个男人平时写诗歌和小说。他在机关里应该处境不适。没有集体观念，无能去研究领导的脸色，不屑参与同事的是非。他活在自己的世界里。

你认为他是不适应现实而去农村？

还有什么理由。

乔，你总是用功利性的眼光去看人和事。这样虽然透彻，一眼直抵本质，可过于阴暗，对己对人都无所益处。他顿了一下，我曾看过相关的纪录片和照片及报道。对国家来说，这是支援和救助，是发展完备教育的途径。可对个人来说，含义就比较复杂。因为是完全自发的原因，里面掺杂着逃避现实，理想主义，慈悲，责任，使命，痛苦……太多因素。所以，不要轻易去分析别人。也不要给别人下定论。

他又说，你也该找份工作做。乔。

可是我能做什么。没有任何谋生技能。外界都觉得做作家很高不可攀，事实上这都是一些对现实生活很无能的人才做的事情。我说，我出去洗碗都没人会收我。

你可以用你聪明的头脑，敏锐的直觉和优美的品味去工作。每个人都有残缺。所以更加要爱自己。

森帮我介绍一份工作。他有一个朋友是网站的CEO。他说，你可以去做网络频道内容编辑。乔。让我们来试一下。不要轻易拒绝。好东西拿给大家一起分享。

我承认他是在关心我。也许他比我大十一岁。在他的眼里我是一个孩子。一个天真无邪的孩子，只是畸形地长大了。有着一具异常坚硬和丑陋的外壳。在我的心里，曾经有过一些计划的。想去长途旅行。想写完这部电影。想找到某种意义。想让自己真正地平静下来。我在试图做着事情，虽然明白自己很难被改造。就像一个残废的人如何去让他健全。他最多只是让自己坚强和装着若无其事。

可是我答应他去。每一个男人试图照顾我的时候，我都在接受。虽然每一次我都觉得自己可耻。

第一次和森约在白天见面。午后阳光穿过法国梧桐发黄的树叶，点点斑驳地照在陈旧的路面上。森站在他的酒吧门口，双手插着裤兜，微微斜身靠在石头墙壁上。他侧过脸，平静地看着我向他走过去。

这样的一幕场景，熟悉得仿佛在某个时间里和地点里演习过无数遍。我一边小跑着过去一边对他微笑。心里却有对自己的惶惑。我想，好像在哪里曾经这样地做过。现实中的很多场景，有时候都像一幕曾演过很多次的戏。只是在记忆中已经找不到任何线索。

森穿着白色纯棉衬衣，粗布裤子，一双白色的跑鞋。这样的装束常会出现在一些中年的外籍华人身上。也许他们习惯了干净的空气和街道。而上海的空气是常年污浊的。我说，我们去哪里。他说，淮海西路。那我们坐公车去，然后步行。今天太阳很好，可以走走看看。他说，好。只是不要迟到。

他的眼睛是淡定的。但在阴暗的酒吧里，因为光线的衬托，有时候有一种兽般的锐利和明亮。那是我熟悉的眼神。带着探究深深地凝望我，又似乎对一切漫不经心。而在日光之下，那只是一双普通的中年男人的眼睛。带些许的疲倦，很温和。

我们走到公车站等车。一大堆身份不明的出行的人。车还未停妥，骚动的人群已经蜂拥了上去。森显然在回国以后很久未坐公车，在拥挤的乘客里面略带一些不适。但是在那些大声喧哗的本地人和外地人中间，仍然维持着绅士风度。固执地先下后上，帮别人代传零钱和票，半途还给一位老人让了座。他做着这些细微事情的时候，举止妥帖，只是一身白衣在肮脏的车厢里显得突兀而狼狈。

我看着他。他对我微微耸了一下肩，没有说话。人群里这个男人平头，浓眉，干净的略带着风尘的脸。看过去他很健全。他什么都不缺乏。

公司在淮海路上的一家写字楼里。环境极其豪华。进进出出的女子都有一张傲白的脸和凌然的神情。我在电梯的镜子里看到自己邋遢的形象。脸上的皮肤因为抽烟非常粗糙，嘴唇发干。我觉得自己不太像这里的人。但是我强作镇定。

半个小时以后我拥有了来到上海以后的第一份工作。只要我愿意，我就可以在高级的写字楼里工作，每月拿到稳定的薪水。就我目前的收入状况而言，那是一笔不小的数目。而同时我必须付出的代价是，每天九点准时上班。就从明天开始。

走出大楼，我吐出一口气。我说，里面的空调太闷人了。二氧化碳的成分应该过量。

你一直像野生动物一样生活。试一下控制自己。

平时白天做什么。

睡觉。

和我一样。

他笑。我们的心情都比较愉快。秋天的阳光实在是明媚。他说，不如陪我去买钓鱼的用具。我下周计划去郊区的鱼塘钓鱼。

空气里到处是汽车的噪音。陌生人的衣服、头发散发出来不洁的气味。污浊和喧嚣，像潮水一样，一波波地涌动上来。这就是我们所处的城市。很久没有一个人陪着我走在人群拥挤的大街上。过马路的时候，把大而温暖的手放在我的脖子上，像拎着一只猫。

街边有人在卖热腾腾的臭豆腐。它们串在细长的竹串上，冒着热气。我说，喜不喜欢吃这个。他犹豫了一下，点头说，好。我们站在街边大口地吃蘸了辣酱的臭豆腐。我抬起头对他笑。他看着我，有点出神。我说，在想什么。

他说，读大三的时候，曾经有个周末陪一个女孩去参加舞会。我们骑自行车去不同的大学跳舞，一直到深夜。回去的路途中，就在学校后门的小吃街上吃宵夜。臭豆腐的气味很特别。所以我记得我吃过它。

那时候你们在恋爱是吗。

他微笑着摇头。记得那条小吃街是在一条斜坡上。骑着自行车，抬高双脚，可以让自行车用力地冲下去。风过处，两边的樱花树，花瓣就像大雨一样飘落下来。那个女孩吃东西的样子，和你一样。

后来呢。

后来？他微皱起眉头。后来我就去了英国。她也许已经嫁人。他的神情非常平静。这些事情他以前从未对我提起。仿佛只是突然有欲望提起往事。仿佛之前他长久的沉默，只是因为没有想起。但是他依然没有对我说起他生命里的女子。

我不再说话。他掏出一块细格子的麻纱手绢，轻轻压在我的脸上擦拭辣酱和油迹。

他说，这样的生活已经离我很遥远了。乔。只是想让你知道，美好的事物总是消逝得最快。

他把我带到城隍庙门口一个偏僻的角落里。身边是蜂拥的人。陌生的人群就像一条汹涌的河流翻腾。他说，乔，你等着。人太多，我去去就来。

你不要我和你一起进去挑选吗。

不用了，你又不懂怎么挑选。要不要买个冰激凌。

好。

他笑。买了一个巧克力冰激凌放在我的手里。然后他走开。

角落对着店铺的玻璃大橱窗。就这样我看到阴影里的自己，那天我穿一条厚棉布的粉色裙子。我的脸被太阳晒得冒油。我恬不知耻地舔着巧克力冰激凌。它甜腻芬芳，散发着奶油和杏仁的味道。然后，我看到自己的眼睛。看到自己眼睛里的恐惧。融化的冰激凌顺着我的手指往下滴，它滴滴答答地开始崩溃。

一种冰冷的寒意无法控制地爬出来。我觉得胸口的心脏跳得要碎裂一般。血液的颜色开始变成暗蓝。我拿着那只冰激凌挤到人群中。太阳热辣辣地照着我。人群包围住我。我喘气，用力，一直往前挤。坚硬的肩头和背脊遮挡和阻止着我。我盲目地在那里挣扎。就像一个不识水性的人掉进河里，只是无谓地折腾。我突然泪流满面。

一双手把我用力地拉了出来。是森。他脸色苍白地看着我，他说，乔，为什么。我只是离开一会儿。我会回来。

我不知道。对不起。我嗫嚅着，看着自己的手指发呆。我的手指上都是融化了的黏稠的冰激凌。

八月，决定去上班。想不清楚有多久没有工作。很长的一段时间，我像活在用唾液和树叶包裹起来的蛹里面的昆虫。活在封闭的世界里。

一个面目邋遢神情懒散的女子，终日无所事事。而同时这个城市里的很多人都在争分夺秒，苦心经营。我不担心自己的落后或贫穷。我只觉得偶尔会有恐惧。因为似乎所有平常人的喜怒哀乐都和我无关。他们所关心的，渴望的，操纵的，执著的通通都和我无关。

看了很多精神分析的书。卡伦·荷妮，荣格，弗莱姆……害怕自己像《局外人》里面的默尔索一样，在某个时刻就会把枪口对准别人或自己。虽然有一段时间，禅宗的研究给了我极大的安慰，但当我发现自己心里彻底的冷漠，我害怕再碰到那些书的任何一个字。

那天晚上很早就上床睡觉了。没打开电脑。没有洗澡。把闹钟上好发条。然后爬进床铺里面。躺了一会儿还是支起身。用清水服了两颗白色的小药丸。折磨了多年的失眠，一直在以消极的方法抵抗着它。比如干脆写作到凌晨，喝咖啡，听激烈的音乐。如果有时候什么都没有心情做，就直挺挺地躺在床上，让各种思想疲惫地纠缠着。比死去还恐惧。

可是这一觉睡得很长。轻易地就入睡了。也许是因为药丸。也许是想着明天就要去上班。中途醒过来一次，看了看时间，是凌晨一点。周围万籁俱寂。再次安心地闭上眼睛，继续睡。整个人昏昏沉沉的，感觉身体在空气中飘浮。身体像钟上的时针一样，在意识中沉重而缓慢地移动。

我确定自己开始做梦了。前面都是相同的。抱着那条棉被在黑暗里行走。隐约地穿过不同的走廊，巷子，大街，房间……感觉非常焦虑，想停下来。然后是那个男人。他带我到了入山的小路口。然后我跟着他上山。赤裸的脚踩在草地上，能感觉到露水的清凉和草尖的尖利。

风景越来越美……红色的天空，白色的云朵，紫色的河水，碧蓝的山谷。我们慢慢走到山顶。那个地方我太熟悉不过。在山顶的幽深小径上，两旁种满了桃树。男人伸出手。他拉住了我的手。他要带我走过去。

风中飞舞的粉白花瓣扑到我的眼睛上，嘴唇上，皮肤上……是满树满树的花，开得那么满，似乎逼近了死亡般地开着。

我心里充满了幸福。那种感觉似乎就应该是幸福。让心这样酸楚地疼痛着，不忍睁开眼睛。不愿意醒过来。可是又隐含着恐惧。是的。我害怕他转过脸来看我。我不愿意看到他是谁。

醒来已经早上八点半。居然没有听到闹钟的鸣叫。我惊醒过来，脑袋发涨，飞快地换了条干净的仔裤和T恤。洗脸刷牙，用梳子沾了水把头发梳顺。早餐自然是不能吃了。用了五分钟时间出了房门。

地铁车厢里人和人之间挤得留不出一条缝隙。呼啸的叫声里，只听到身边的人粗声呼吸。角落里有看过去白领打扮的女子，戴着耳机，慢条斯理地吃着生煎馒头或三明治。空气里有食物油腻的气味和香水味道。男人们大多拿着一份体育或证券的报纸在看。这就是城市一天生活的开始。

在写字楼的大堂里有人飞奔而过。电梯前很多人在等。人群里一个男人看到我，伸出头对我打招呼。他穿着黑色西装，戴一副古怪的玳瑁边框平光眼镜。我诧异地对他笑笑。

他说，今天就来上班了？昨天我看到你从主管办公室出来。我是彼得。你的同事。

他的热情让我有些不知所措。我们一起走入电梯。我闻到他身上散发出来的剃须水味道。他又在和几个人打招呼。说话的声音很响亮。同事，就是随时需要你来听一堆无聊废话的人。是一天里相对的时间比情人还长的人。他说，乔，有任何事情，都可以让我帮助你。

这是一家有近百人的门户网站。经济，新闻，娱乐，生活，地产，艺术……包罗万象。自然也包括电影。我的工作很简单，就是收集有关电影的资讯和稿件，进行内容编辑，定期推出一些专题和活动。文字都是可以转载的。网络资源一切共享，暂时并无任何严明的制度。剩下的无非是编辑的品味问题。

对我来说，这样的工作，一天只用两个小时就能完成。办公室布置得像个野生动物园。上班时间可以自由地喝咖啡，吃饼干，打游戏，聊天……大部分同事在大部分时间里，都在懒洋洋地打电话，开ICQ，打游戏或戴着耳机听MP3。于是下班以后几乎没有人回家。好像大家都是无处可去，无人可约的单身。

他们从早上九点一直泡到晚上十二点多。也有人彻夜不归，就趴在桌子上睡觉。表象看起来很积极，其实无非是想在主管不在的时候，做些打长途、IRC聊天之类的事情。消磨时间的方式是极其丰富的。只是不清楚公司的效益如何产生。

彼得对我说，这些事情就不需要你去管了。

我们常一起在中午去对面的小餐馆吃饭。他会讲述公司里面一些钩心斗角的隐私，然后小心地隐去当事人的真实姓名。这种讲述有时候让我感觉无聊。他是在发泄。但又没有勇气暴露自己真实的感情。

如果讨厌一个人，可以不见到他。或者干脆地走上去打他一个耳光挑衅，从而彼此厮杀一番，以泄心头之恨。为什么要在旁边逡巡着，猜测彼此的一言一行，然后对着一个不相干的人浪费口舌。从这一点来看，彼得的热情友善不能掩饰他性格上一些致命的弊端。所以他在公司的中下层里一直郁郁不得志。

但我依然偶尔和他一起吃饭。有时候下班以后也去衡山路喝一杯。对我来说，没有什么人是我不可接受的。自然那是因为我从不轻易接受任何人。他是个乏味的男人，这在我看到他的第一个三分钟里就已经有判断。但是生活的空虚感有时让我像一个快要被淹死的人。强作镇定。想让自己的姿势不那么丑陋。在手里随意地抓住一根漂浮过来的稻草。

他问我，乔，为什么一直没有男朋友。

因为我不漂亮吧。

你很漂亮。我第一次见到你就觉得你气质特别。

那你想追求我吗。

嘿嘿。他端起啤酒杯喝酒。我不喜欢婚姻。你想想，一个男人和一个女人要相对一生一世，多么可怕的事情。

但我听说你有一个做美容顾问的女朋友。

那是她紧跟着我不放。要死要活。

既然不能够给她婚姻，就不要给她遐想的机会。

以后的事情谁知道。他淡然地说，回避我的眼睛。

大抵世界上的男人都是如此，一边需要一个坚实可靠的感情陪衬，一边心猿意马地眺望着远方。就像一个人先吃饱了，然后再暗自打算着挑选哪一份甜点。何其自私而本能的做法。

我微笑着端起杯子喝酒。剩下的冰块倒入嘴巴里，清脆地嚼动它。酒吧里灯光昏暗，空气污浊。某种暧昧的气息轻轻逡巡，让人乏味。艳装的女子眼波流转，男人的视线肆无忌惮。可是一切仅此而已。这是一个搭得很完美的舞台。只是空空荡荡，没有人想全情投入上去唱一场。因为没有痴迷执著的观众。太多的都是围观而无谓的人。

我对森说，现实中的感情总是让人失望。

他说，今日的感慨又是从何而起。

我不语，独自坐在吧台边喝酒。身边始终都是有一些人的。森的酒吧从未曾人流不息，但也总是有那么几张陌生或熟悉的脸，在阴暗的光线里出现或消失。

我想我是有病的。心里那些溃烂的东西。所以我一直在继续写作。写作是治疗，做了一个一个的补丁。把它贴在心的缝隙上。

我说，森，那份工作我也许不能再继续下去。今天写了辞职信。

为什么。它能给你稳定收入和归属感。

在公司午间休息的时候，常倒一杯冰水，捧着水杯站在落地窗前看外面错落耸立的高楼。那些都市的石头森林。身边是一群各行其是的陌生人，他们传递给我皮肤和呼吸的温度。不再是我空荡荡的房间里那些冰冷的空气。

可是我厌倦了。类似于彼得的热情浅薄或其他。我不能每天睡眠不足地挤在空气污浊的早班地铁里，来到二氧化碳过多的办公室里，用一整天的时间去做两个小时就能完成的工作。这对我来说，除了同样的浪费时间之外，还被禁锢了自由。

我对森说，对不起，森。我总是在尝试改变自己。但发现每一条途径都通向虚无。我知道你在帮助我。我一直在接受任何人对我的任何帮助。但是没有用。

森点头，不再说话。他拿过我的空杯子往里面再倒了一些威士忌。

我说，森，我在写一个故事。我把它当成电影来写。所有的线索，情节和人物都已经隐藏在我的心底，像一幅地图。所有的来龙去脉，我了然于心，可以详细地慢慢表述。

拍摄一部电影和写作一部电影有什么区别吗。他说。

前者是实际的操作。后者比较复杂。可以把它比喻成一个在黑暗洞穴里爬行的人，他与世隔绝。为了走到尽头，不断给自己制造幻觉，以维持温暖。

他微微一笑，说，你要拍让观众在开场十分钟以后就打呼噜的电影吗。

我说，这场电影会抚摸观众的灵魂，让他们浑身颤抖。他们会看到自己在里面。年老的人看到盛放。年少的人看到枯萎。失望的人看到甜美。快乐的人看到罪恶。

森在吧台后面调酒，偶尔探过身子去招呼熟悉的客人。他的身体俯过来的时候，旧棉布衬衣散发出淡淡的古龙水和汗水交织的气息。洗得发旧的衬衣，没有扣上全部的扣子，领子软软地耷在那里。

我有点晕。一边等着他空下来对他说话。我说，我假设它只有一个观众。或者是我自己。或者是一个路过的陌生人。他刚好经过。于是我邀请他进来。有一个空位置。

他在忙碌。没有再搭理我。暗淡的灯光，轻盈的音乐，酒精的芳香，这一切对我来说，都是熟悉而安全的。就像属于自己家里的一个客厅。森的棉布衬衣偶尔轻轻擦过我的脸。我迷迷糊糊地趴在吧台上。我睡了过去。

惊醒过来的时候，看到酒吧的人已经走空了。只有森依然在吧台后面摆弄着瓶瓶罐罐，用白棉布擦拭玻璃杯子。他最喜欢做的事情是擦玻璃杯子。没有声音，没有结局，没有极限的一件事情。看到我抬起头，他说，凌晨三点了。如果你要回家去睡一觉还来得及。

我说，不睡觉了。我们出去散步。可惜看不到大海。

但我们可以去看日出。

哪里。

我带你去。

森开了车带我去兜风。一辆旧的雪佛兰。他一直把它放在车库里。我说，原来你有车。

他微笑，你不了解我的地方还有很多。不要着急。

他把车子开上高架桥。凌晨的天空还未破晓，是一种夹杂着灰紫和淡青的深蓝色。露水清凉。有大朵大朵厚重的云朵，在风中从容地游走。高架桥两边的石头森林依然灯火闪烁。他放了音乐。是卡拉斯的歌剧《蝴蝶夫人》。

他说，我非常喜欢她的声音。有一种明亮的创伤。一个爱情充沛的女人，总是容易被自己的激情所困。我很想抽烟。但努力克制着自己，不想把他的车子弄脏。他看看我，他说，你抽烟吧。我开窗。

凌厉的风从窗外灌进来。扑在脸上似乎无法呼吸。

我们来到城市小镇边缘的地带。一片广阔的平原。空气清凉湿润，带着植物的气息。森把车停在那里。他说，我在这里看过九次日出。在不同的季节，相同的凌晨。

深蓝的天空有一颗明亮的星。闪烁着清冷的光泽，好像淌着大滴的眼泪。田野里有稻草被焚烧后的黑色尘末。树林里的鸟发出迟疑的清脆叫声。时间还早。

我靠在座位上抽烟。我说，你带了酒吗。

没有。他安静地看着我。

我不再说话，把身体蜷缩在座位上，仰着脸闭上眼睛。我说，森，对我讲讲你的故事。

我的故事？太长了。不愿意说。它可以在时间里逐渐消失。现在这样就挺好，有一家小铺子，夜夜看到歌舞升平，很多寂寞的顾客来买醉。一年里面有三个月左右时间会出去旅行。有时候一个人开车出去看日出。在山顶画画。站在茫茫云海之前，你会发现自己的悲欢并不重要。一切都是会消失的。

没有女人，没有孩子？

是的。没有。他眼睛炯然地看着我。我很清楚自己需要些什么。

我和你不一样。我的心里始终有恐惧。

恐惧什么。

恐惧我走了很远，走了很久，可最后没有一个地方一个人，可以让我回去。

他沉默。我说，那是像潮水一样的恐惧，在灵魂里面哗哗地响着。森，什么时候我们去看望大海。

不知道从什么时候开始，我发现自己丧失了倾诉和表达的能力。在人群里神情总是冷漠游离。面对着陌生人无话可说。碰到委屈不置一词。面对离别不会挽留。从不抱怨。也从不解释。我知道这种能力的丧失对于我来说，有时候会接近致命。我对人的安全感很少。

我只是一个在孤独的时候，把手指放在阳光下慢慢变动姿势，以此打发时间的人。一个残废的人。但是在对森说出我在写作中的电影的第一句话的时候，我发现自己成为一个平静而流畅的叙述者。这使我感觉惊奇。

我说，森。其实我并未打算为什么目的而写。我只是需要一个观众。如果没有，那么还有我自己。

他说，开始吧。我是没有耐性的观众。判断一部电影的好坏只在开场的十分钟里面。

你先拿一枚硬币出来。

他拿出硬币。一枚一元的硬币闪着冰冷的寒光，躺在他的手心里。我把它取过来，放进牛仔裤的后袋里面。我说，先买张票。如果我感觉你能看懂它，我就把它还给你。

我们没有看到日出。因为在对森说话的时候，我感觉累了。我又睡了过去。

那是一个奇怪的夜晚。我做了一个新的梦。看到自己在路边上了一辆公车。车很旧，车厢后面有积水和垃圾，散发着臭味。空荡荡的车厢只司机和我两个人。司机把晚班车开得像飞一样。中途才开始有陆续的乘客上来。起起落落的，到最后几站的时候，我发现车厢里只剩下另一个乘客。

那个穿着白衣蓝裙的女孩，坐在和我隔了一条过道的位置上，一直侧着脸看着窗外。外面下着大雨，公车的玻璃窗上面，有模糊的水印，一条条地流泻下来。

城市是个巨大的寂静的容器。充满着喧嚣而空洞的雨声。

女孩光着脚穿一双塑胶凉鞋。那种八十年代的孩子穿的凉鞋。她的两条腿紧紧地并在一起，双手插在膝盖之间。她的姿势沉浸在深不可测的黑暗里面。

车子一直在开。我不清楚她坐着车子是在出发。还是回归。

女孩子没有回头。她旁边的位置上放着一只旧的书包。

我说，你到哪里去。她不回应我，似乎未注意到我的存在。然后她伸出手去抚摸窗上的水滴。水滴延伸下来的纹路。我看到她洁白的手腕上，那些坚硬的伤疤。它们支离破碎。它们很荒凉。

我的心里疼痛。但是在自己的位置上无法动弹。不能靠近她亦不能离开她。

我想起来，她应该是我电影里的那个女子。她的名字叫林南生。

Side B 南生

山顶上的女孩

林和平

童贞的过往

南方爱情

流离

除夕

山顶上的女孩

那年冬天。南生记得。南生和父亲一起，坐了十多个小时的长途汽车，从小镇枫桥来到N城。农历新年即将到来。是除夕的前一天。

这是她第一次见到的城市。汽车站泊着很多脏而陈旧的长途客车。车顶上捆着堆起来的行李。旁边围绕着大批等待挤车回家过年的旅人。他们蹲坐在小吃摊附近，靠着铺盖包裹打盹，打牌，黑压压的就像一群迁徙路途中歇脚的飞鸟。一响起通知发车的喇叭叫声，就有很多人哗啦啦地站起来，扛着大包小包往前挤，像鸟一哄而散。

马路当中挤着人力车，自行车，公共汽车，各不相让，喇叭齐鸣。一个挑着箩筐的女人被撞倒。箩筐里的土豆和萝卜倒在了泥泞中。女人大声地咒骂着，跪下去用双手盲目而迅速地把土豆拨拉进围裙里面。女人的手和脸都是泥水，朝地上狠狠地吐着口水。无数双凌乱的脚经过她的身边。

南生的手被男人的手紧紧地牵着。小而洁白的手指蜷缩在男人温暖的大手里面。她趔趄地往前走。脚下是泥泞的积水。冰冷的雨点大滴大滴地打在脸上，一路滑进衣服领子。她缩着脖子轻轻屏住呼吸。穿着灯芯绒夹棉外套和碎花棉裤。

一块桃红的流苏三角围巾把她的脖子和脸的下半部紧紧地扎了起来，只露出一双眼睛。眼睛很黑。暗黑。花瓣的形状，水光潋滟。视线一直在惊奇地流转，带着些许的恍惚。还没有长大的眼神，却带着一种情欲的华丽和荒凉。一个属于童年中女孩的荒凉眼神。

他们走出车站，来到外面两边开满店铺的街上。那里出售食物，开水，箱包，沿海城市的海鲜干货。空气污浊而腥臭。他们在喧嚣和寒冷里面疾步行走，好像穿越一条漫无尽头的河流。

男人在街边停步，把南生抱起来凌空跃过栅栏，放在路边的隔道上。那里堆积着垃圾和自行车，没有人和车流经过。只有隔雨板上的雨水，冰冷地掉下一滴，重重打在南生的眼睛上。她后退了一步，用力睁开被水模糊的眼睛。

男人的身体蹲下来，脸对着女孩。这时候才看到男人的容颜。蓝咔叽布的中山装，头发蓬乱。因为丧妻和生活的窘迫，一直郁郁寡欢。那是一张中年男人隐忍着怜悯的脸。下巴分布着象征失意生活的青色胡子茬。他的眼神像小心翼翼的手指，柔软地抚摸着女孩的面容。

他说，南生，你饿吗。

路边的小卖部飘出热馒头的小麦香味和热气。食物的气味是火焰，早已经让胃势不可挡地烧灼起来。南生用力地点头。男人微笑。他的笑带着忧愁转瞬即逝。

他说，等在这里。南生。等我回来。然后，他起身走开。

南生的黑眼睛，看着男人慢慢地穿过车流和拥挤的行人。他的蓝咔叽布衣服像一片叶子轻微地颤抖着。背影沉默无言。马路对面的馒头蒸笼还在弥漫着腾腾热气，寒风把店的布幔吹得哗哗直响。隐约的吆喝声传过来：热馒头，刚出笼的热馒头……

就在这个瞬间，她感觉到雨水里的雪珠子。那冰凉的小冰粒沙沙有声地打在她的脸上，她抬起头，看到灰色的天空像一张受伤的脸，屏住了呼吸，飘落茫茫飞雪。有黑色的鸟群飞过。它们缓慢地扇动着潮湿的翅膀，发出咕咕的声音。从西北方向飞向东南，轻盈的躯体像花瓣散落。

南生注视着鸟群，感觉唇边融化的雪花渗透进肌肤。她拉开围巾，露出冻得发白的脸。南生整张荒凉的带着童贞的脸。她仰着脸看鸟群飞远。

马路的对面，男人站在店铺外，伸手从黑色拎包里拿出一个小格子手绢裹成的小包。他从里面摸出一张小面额的纸币。再把小包裹好，放进拎包里。

穿着白色大褂的营业员用纸片垫了一只热馒头递过来。男人一手拎着包一手托着馒头，回过身来准备过马路。他被雨水打湿的头发粘在额头上。眼睛焦虑而怜悯。

他要回来了。南生直盯盯地注视着他。那个穿蓝衣服的男人站在路边的飞雪和喧嚣暮色里的身影，在南生暗黑得幽蓝的瞳仁里放大，凝固。直到烙下标记。

三分钟以后，这个男人离开了南生的世界。

母亲对南生来说，只是一张黑白照片。

照片挂在枫桥镇外婆家的墙壁上。那是父亲和母亲的结婚照片。女子梳长的麻花辫子。穿对襟碎花棉布上衣。脸上有天真的笑容。她的眼睛和南生一模一样。而父亲年轻英俊，脸上也有同样的充盈着明亮的笑容。只是关于母亲的记忆，是一片白雪茫茫的原野。她的气味，她的皮肤，她的声音，她的笑容……全然不见。

父亲在镇上的小学里教书。他来自城市，响应时代的号召，把他的惘然和激情留在这个偏僻的山沟里面。天性聪明的男人，一生的命运却偏颇。母亲是房东漂亮的大女儿，同情这个沉默而神情高贵的男人。同情最后促成了婚姻。

结婚一年以后，女儿出生，妻子死去。生命完成了它的循环。留下男人始终没有走出命运安排的圈套。在南生两岁的时候，男人拿着盖满了红印的回城准许证明，离开伤心地，回到了城市。

南生记得一张陈旧的木床。是老式的江南小镇里的床。雕刻着细碎繁琐的花纹，垂挂着刺绣的布幔。发黄的旧蚊帐没有卸下来，上面有悬浮的蛛网和经年的灰尘，风一吹就纷纷扬扬地飘落。那张床放在厅堂里，空空的，从不使用。

厅堂用来堆积储粮，箩筐，柴料和干货。干燥，阴凉。偶尔有阳光从屋顶的茅草缝隙里探射进来。明亮的光柱里尘土飞扬，照着沉寂的木床。外婆不许南生碰这张床，因为母亲的尸体曾在床上停留。她在这张婚床上分娩。挣扎了两天两夜，终于因为感染和失血过多而死。

南生不记得被外婆抱在怀里喂奶糊长大的日子。生命总是无辜。只是带着微弱的坚强的活力成长。却记得自己小时候不懂事，到处乱走，最喜欢靠近那张床。外婆去村里的溪涧洗衣服，南生独自守在门口，看着太阳慢慢在墙壁上划下阴影。然后她走到空荡荡的寂静的厅堂，在木床边撩起低垂的蚊帐，去抚摩里面光秃秃的木板。被褥都已经被卷走，木板发出微微腐朽的潮湿气息。木板左上角有一块褪淡的血斑。是被擦洗过晒过抚摸过的血。

母亲死去的时候血曾像潮水一样浸湿了草席。那是一个炎热的夏天。七月的凌晨，深蓝的天空犹如破碎的丝绒。父亲在从城里赶回来的山路上，他去爷爷家里借钱。一路上看到明亮的星光在山谷间闪烁，犹如大颗的泪滴。他有了无能为力的预感。

南生终于降生。而母亲疼痛的叫声被暴烈的热浪蒸发，最后只剩下一小块血斑。南生相信这是母亲留给她的唯一一丝线索。血是离生命最近的物质，黏稠香甜的液体，散发着纯洁的腥味。血是死亡，出生，破坏，融合，愈合，更新……血是生命的见证。父亲抱着南生泪流满面。

南生从小跟着外婆长大。外婆早年丧夫，膝下三个女儿。两个嫁到了外村。一个先她而去。因为心里积累的痛苦，她信奉了基督教。外婆是肤色白皙，神情沉静的女子。常常在她整洁的短发上，别一个漂亮的有机玻璃发夹。虽然她只是一个农妇。

在庭院和平台上，外婆种满牵牛，太阳花，茶花，栀子和兰花。黄昏的时候煮一大锅南瓜和红薯，喂养猪圈里的大母猪。还养了一些鸡和鸭子。心灵手巧，会做好吃的糯米团子，自己炒花生，葵花子，做红薯片和冻米糖。那是乡下常有的零食。

每个星期日，她带着南生走上几十里的山路，去另一个大镇上的教堂做礼拜。牧师是镇上的赤脚医生。一个矮小温和的中年男子。脸上的微笑包括他的眼神都极其清澈。教堂的设施简陋，但他布道的时候总是坚持穿上袍子。

夏天的下午，教堂闷热的房间窗门洞开，偶尔有凉风哗啦啦地吹过。很多人聚集在台下。弹风琴，唱赞美诗，然后牧师布道，带着大家祈祷。南生是孩子，听不懂布道，但喜欢那个牧师的笑容和他唱赞美诗时明亮的中音。

她一个人和其他的小孩子在角落里玩。教堂的墙角有长着青苔的泥巴，潮湿土壤里盛开的紫色野花，还有偶然停留下来的蝴蝶。当集体祈祷的时候，礼拜差不多也结束了。结束之后，牧师就给人看病。他在药店里帮他们抓中药。

有时候，外婆做完礼拜，再加上看病配药，回家的时候天就黑了。寂静的山路没有人，只有山谷黑色的影子和照在沙石路上的淡淡月光。南生困了，趴在外婆的背上昏昏欲睡。外婆给她讲故事，都是关于圣经里的神奇的传说。神如何显灵，帮助他困难中的信徒。

南生看到满天灿烂的繁星，一颗颗又大又亮，在深蓝的夜空中闪烁。风中有田野泥土的气息。

年幼的南生觉得生命受到庇佑，没有任何恐惧。虽然有一个人在她的生命里注定缺席了。没有人可以代替。

南生在小镇里度过她最初的童年。爬到深山谷里挖掘野兰花。在演戏的祠堂里攀着栅栏看戏。跟着人去山里砍柴，刨土豆，采西红柿，摘豆子。赶着鹅群让它们吃草。在清澈见底的溪水里捕鱼，捉螃蟹和虾。夏天去稻田里给帮外婆割稻的人送水和麦饼。在大晒场上帮外婆晒稻子，收稻子。有时候晚上放电影，黄昏吃完饭就拿着木条凳去晒场上排位置。

常独自爬山。村边最高的山是大溪岭。爬到岭上要走一段很长很长的僻静山路。然而南生常听到内心的某种声音召唤她。她一个人在高高的野草堆里攀越。爬到一半的路途，山腰里有一座破庙，里面有两尊在石头上雕刻出来的佛像。石桌上摆放着供奉的干橘水果和燃尽的香灰。南生站在阴暗中观望佛像，觉得它们有一种奇异的威严。她不清楚为什么有些人在教堂里祈祷，有些人在小庙里供佛。但她开始相信有一种力量，是能够主宰和包容人间的痛苦和无助。包括她的惘然。

山顶上空无一人。树林在风中发出哗哗的涛声。南生的天性里有孤独的血液，所以对这种天地之间的空旷并无畏惧。她坐在山顶的岩石上尖叫。一个人听着自己的声音在风中迅速地消失。大片的白云在慢慢地游动。远处依然是连绵的群山。往下看，小村白墙黑顶的房子变成了堆积的盒子，零散地分布在群山围绕的盆地里。黄昏的村庄开始炊烟袅袅。外婆站在屋顶的平台上大声叫她的名字。

南生的童年是在放逐和野性中完成的自我独立。留在她最初的生命记忆里的，是自由生活，温暖的爱，感情缺陷，对自然和神的隐秘对话，以及对宿命力量的感知。

父亲间断地来小镇看望南生。他在城里安定，进入一家绣品厂工作。

生活的艰难让人发不出声音，所以南生看到的男人始终都沉默无言。他穿蓝咔叽布的中山装，黑色布鞋，胸兜上别着一支蓝黑墨水的钢笔。每次出现，他在院子的栀子花树下蹲着抽烟。看到南生的时候，就微笑着站立起来，带着些许的悲凉。

他带来城市里的漂亮裙子和牛奶糖。然后住一个晚上匆匆而去。那一个晚上，他就整夜坐在厅堂的木床上。不动也不发出声音。只有月光冷冷淡淡地照射进来。南生看到那个男人的影子幽蓝。他有时候独自颤抖着肩头，似乎在哭泣。南生看着他，不明白为什么，很想走上去。外婆悄悄走近，用手捂住南生的嘴巴，把她抱回到床上。

外婆轻声对她说，不要打扰爸爸。他要和妈妈说说话。

南生说，妈妈怎么和他说话。她又没有声音。

外婆说，她通过耶稣基督来和他说话。来，让我们跪下来祈祷。

南生穿着睡衣和外婆一起跪在床边的棉垫子上。做祈祷是南生熟悉的事情。吃饭的时候要感恩，早上和晚上要跪在床边祷告。南生的膝盖碰到冰冷的床板。外婆的声音渐渐低下去，然后在黑暗中她拉开灯。南生看到外婆用手指擦去眼角的泪水。

第二天的清晨，父亲很早就起来赶路。父亲背着南生走在雾气弥漫的田间小径上。南生把脸埋在男人的脖子里，闻到他皮肤和衣服上散发出来的气味。一种类似于树叶的干燥温暖的气味。父亲在车站上车。一边用他的眼睛，深切地，一遍又一遍地抚摸他的女儿。

外婆说，对爸爸说再见。南生对那个男人挥挥手。男人点头。他是不笑的。也没有话对她说。汽车在蜿蜒的盘山公路上渐行渐远，然后消失在苍茫的晨雾中。

然后有一天，父亲寄来一封信。信里有一张照片。他又结婚了。

外婆把照片给南生看，对她说，你有新妈妈了，南生。你还会有一个新哥哥。南生看到一张相似的黑白照片。父亲在，只是身边换了一个女人。一个陌生的短发圆脸的女人。父亲和她并肩坐在一起，中间摆着一束塑料花。他们的脸和衣服被涂成了彩色，嘴唇红得艳丽。女人穿着一件对襟的碎花棉上衣，她长得很漂亮，但是眼神看起来紧张不安，脸上有一种坚硬的清冷的气味。南生觉得微微的困惑。为什么。父亲可以和不同的女人坐在一起。

他再过一星期来接你。接你去城里上学。外婆说，一边撩起衣襟擦眼泪。

南生说，我不要离开枫桥，外婆。

怎么可以。南生。你不属于这里。你要到城市里去。但是不管在哪里，妈妈，外婆，还有基督，都会和你在一起。

最后一天离开的枫桥的夜晚。父亲一早就会过来接她。南生睡不着。外婆也没有睡觉，给南生用洗干净晒干的白棉布做衬衣，裙子。还给她做了一双布鞋，在鞋面上用丝线绣上牡丹和鸟。外婆把一本旧的圣经给南生。她说，南生，你要带着它。

南生走到厅堂里。厅堂依然黑暗而空旷。只有月光淡淡地照进来，照着木板床的蚊帐，南生走过去，撩开蚊帐，像父亲常有的那种样子坐在上面。她等待妈妈出来和她说几句话，可是周围一片寂静，只有院子里昆虫的鸣叫。

她累了。躺上去，把脸贴在那块血斑上，紧紧地贴住它。窗外有夜鸟飞过的声音，院子里寒风呼啸。南生蜷缩着身体，睡在母亲死去的床上，看到月光从屋顶的漏洞里轻盈地洒落进来。然后她睡着了。

那是南生第一个印象深刻的梦。她看到自己在大溪岭的山顶，俯瞰着苍茫的浓绿树林。风声呼啸。南生张开手臂，以自由的姿势往下坠落。加速度带来惊悸的振奋。南生屏住呼吸看到时间在耳边擦过。

离开枫桥的那一天。南生牵着父亲的手在田埂上走，露水打湿了她的鞋子。父亲看到，默默地蹲下来，让南生趴到他的背上，背着她走。南生回过头去看外婆。外婆提着南生的行李，一只用蓝印花粗布扎成的包裹。一边走一边掉眼泪。

路过小镇的长途车很长时间才有班次经过。在车站里，一个流浪的乞丐路过，给南生算了一卦。

那个看过去有点疯癫的妇人对父亲说，南生的左眼角下有一颗泪痣。那颗浅褐色的痣散发出诡异的气息。她的一生会被爱欲害苦。而前额长得洁净明亮，高而宽阔。有壮丽的气势，一往无前，必然会出人头地，超越普通众生。但是，她的命太坚硬，力量太强大，会克住所有爱她的或被她爱的人。他们必然会为她而死或离别。所以，南生会背井离乡，孑然漂泊。

南生因为疲倦和寒冷，靠在父亲的手臂中已经迷糊地欲睡未睡。外婆用粗糙温暖的手抚摸她的头发，在一边轻声叹息……外婆在几年后因为重病去世。南生也再没有回到她出生的小镇。那一年，南生七岁。

父亲对南生说，等在这里。南生。等我回来。他过马路去给南生买热馒头。买完馒头站在街边等着过马路。三分钟之后，他离开了南生的世界。

两三个干瘦的衣着肮脏的外地男子经过他的身边，突然蜂拥而上抢走了他的包。他大声地叫喊着，追随他们冲进人群。混乱和喊叫声以及纷飞的雪花淹没了他。他知道他的小女儿在马路对面等他回来，所以热馒头一直紧紧地捏在他的手心里。但是他要追到他的包然后带着小女孩回家。

他的心里有了焦灼的预感，这使他的神情更加疯狂。虽然他奔跑的姿势因为疲倦和寒冷充满挣扎。

在跑过路口的时候，一辆疾驶而过的大货车迎面驶来。急促的刹车让轮胎在马路上摩擦出刺耳尖叫。

站在马路上的女孩看到一群黑色的飞鸟低叫着远离。

林和平

南生第一次见到继母兰姨是在派出所里。兰姨带她回家。

外面在下雨。兰姨手里拿着一把伞，伞尖滴滴答答地渗出冰冷的水。她穿着红色的涤纶西装上衣。那件衣服使她的脸色陈旧。她的手指轻微而持续地颤抖，以至于只能交握着自己的双手，无法放松。

你是南生吗？她的声音很轻。南生点头。她闻到女人口腔里复杂的气味，是沼泽中腐烂的花朵的腥臭。危险的气味。她看到女人苍白而瘦削的脸。她手里抱着自己的包裹，下意识地后退了两步，把背靠在坚硬的墙壁上。

女人靠近她，站在她的对面，低下头看她。她的眼神空茫，直直地盯着南生。然后她伸出细瘦的手指，犹疑地，在南生的头发上轻轻地抚摸了一下。她说，你爸爸死了。南生。

那一年兰姨三十三岁。是容颜艳丽的女子，个子小巧，皮肤白净细腻。说话的语调始终没有长大，即使成年以后也是少女般的甜美婉转。十六岁之前是养尊处优的上海女孩。能歌善舞，是学校里的校花。她幻想自己能在舞台上裙袂飞扬，嫁给一个英俊高大的部队飞行员。这种欲望折磨她太久。

而现实是，因为家里的成分问题，她被迫离开了上海来到N城。在这个沿海的小城市里，成为绣品厂的一名普通女工。

一生就这样成了定局。注定被自己美丽的容貌，高傲的心气和宿命的缺陷所困。十九岁的时候，因为失望，胡乱嫁了人。介绍人是厂长。男人是厂长的亲戚，一个货车驾驶员。努力工作，闲来只喜欢喝酒和打牌。其貌不扬的平庸男人。但因为和厂长的关系，帮她换了轻松的工种，成为质监员。二十岁的时候，生下儿子和平。

结婚以后她对自己精致的五官失去了关爱。常蓬乱着头发，不化妆。只喜欢鲜红的颜色，所有的衣服都是红色。因为那里有她青春残余的落寞痕迹。忧郁症像潮湿的霉菌，一点点地侵蚀了她的精神和容颜。鼻子和嘴唇边的线条充满压抑，像干涸的河床。有时候神情呆滞，有时候暴躁狂乱。会因为一点点不如意而歇斯底里。她的情绪就如同一场灾难，如同浑浊的夹着泥石流的河水在某一个时刻就会汹涌奔腾。

前夫忍受了十年。终于在某个夜晚，当她再次发疯般地砸东西，并用一个杯子砸伤了他的眼睛。他忍无可忍，选择了离去。

婚姻的解脱一开始还是带给她希望。她正当盛年，依然有如花盛开的容颜和欲望。虽然生活窘迫，还有孩子的负累。她的天性并不喜欢孩子。她无疑有欲望和野心，一直希望自己还能够重新回到以前的生活。男人成为唯一的救赎。她抓住一切机会和有身份地位或某种权势的男人交往。她尝试带那些男人回家。但心里明白一个带着孩子的寡妇，对男人来说，只是可有可无的消遣。

当前夫离开以后，她却发现那些平时给了她很多诺言的男人，并无心把他们的诺言变成现实。她再一次遭受打击。不明白自己是自取其辱。像所有不幸而无法甘心的漂亮女子，孤独和欲望成为她最大的敌人。她开始渴望温暖和安全。然后，她遇见这个男人。

男人穿干净的蓝咔叽中山装，胸袋上别一支英雄牌钢笔。脸上有沉默而高贵的神情。虽然他只是工厂里一个坐办公室的普通职员。她无法得知他是否爱她。但他容忍她的脾气。在她摔东西或咒骂的时候，只是坐在一边抽烟。而且显然，他是一个真诚可靠的男人。没有花言巧语，没有权势，但善待她和她的儿子。一个聪明的女人是能够轻易地分辨男人的感情。一年以后，她嫁给了这个男人。

她知道他在乡下有一个死去的妻子，还有一个未成年的女儿。他想接女儿到城市里来上学。她让他发了工资以后买戒指给她，并且以后所有的收入都归她管理。他答应了。他说，你要一直让我的女儿留在这个城市里，并让她上学。她也答应了。

那一天他提了一个黑包出门去坐长途车。三天以后，她看到了他血肉模糊的躯体。他手里捏着一个冰冷的馒头，脸上没有丝毫留恋的表情。

匆促的葬礼夹杂着不知所从的哭泣和悲号。兰姨想起她再婚只有四个月，就失去了一个刚刚给她带来隐约希望的可以依靠的男人。她对自己的生活充满无助。这种无助兜头扑上来，让她有无法呼吸般的恐惧。仿佛黑暗的大海里一个沉闷的浪头，寒冷彻骨。这种恐惧只有带来厄运的南生能够让她发泄。

南生一直沉默地站在墙角，面无表情。

她提起南生的衣领，把她推搡到她父亲的尸体旁边。她沙哑着嗓子说，去看看你的父亲。流几滴眼泪在你父亲的身上。你就要见不到他了。是你杀了他。南生的脸被压到那个平躺着的男人的脸部上方。她的呼吸急促激烈，好像要把她的胸口爆裂。可是她的眼睛一片空茫。她只能看到男人额头上的一小滴血块。它隐藏在他的黑发后面，没有被化妆师傅擦干净。

她直勾勾地看着那滴已经凝固僵硬的血。她闻到寒冷的空气里属于父亲身体的气味，带着血的腥甜和一丝神秘的关联。她深深地呼吸。冰冷的空气中飞翔着黑色的鸟群。它们的翅膀掠过女孩的脸。她看着它们。

很多人围上来，兰姨被强硬地拉开了。兰姨发出尖厉的野兽一样的哭号。有一些陌生人的声音在混乱地此起彼伏。

不要把孩子吓坏。放开孩子……

和平。和平。带着你妹妹回家去……

众多混杂的声浪在身边涌动。南生被无助地推来搡去。然后那只攥着她衣领的绝望的手终于松脱而去。

和平那年十二岁。他一直坐在门口的石头台阶上，闷闷不乐地丢着石头。他穿着黑色羽绒外套和粗布裤子。球鞋很脏。剃平头。眼神阴沉。是瘦而沉默的少年。他懒懒地站起来，钻过混乱的人群，看到那个受到惊吓的脸色苍白的小女孩。他的下巴对她扬了扬，自己先一声不吭地跑了出去。

南生跟着他走。他们走出火葬场，踩着满地的碎纸片。它们在风中脆薄地打转。公共汽车站没有人。和平和南生一高一低地站在街边等车。然后车子开过来，他们上了车。那天已经是除夕。雪下得很大。街上所有的人都行色匆促，脸上有兴奋而疲倦的表情。可是对这一家人来说，这是一个黑暗的日子。他们不知道如何去承担它。

车子在市区的一个街口停下，和平的下巴又微微晃动了一下，示意南生跟他下车。南生的鞋带散了，不敢停下来系。她跌跌撞撞地跟着他走。路上都是积雪和雨水融合的泥泞。弯弯曲曲的小巷拐来拐去，如同迷宫。和平走得飞快，走一会儿停下来，等着南生跟上去。

他对她有一种因为陌生和由于她而带来的灾祸所产生的敌意和冷淡。他的脚步重重地落下，飞溅起黑色的泥水。可是同时他又被自己心里一种复杂的怜悯所困扰。这个女孩子满脸天真。她是一个孤儿。她的眼睛一无所知，纯洁得没有眼泪。

夜晚八点多的除夕晚上。南生跟着和平走在下雪的空荡荡的巷子里。

南生停住了脚步。雪已经下得很大，南生的头发和围巾上都是厚厚的雪花。和平转头看她，他粗声地说，干吗不走。她说，我饿了。她低下头看着自己的鞋子。鞋带已经被泥水泡烂。和平走过去，蹲下身为她系好鞋带。他的手指上沾染着肮脏的污迹，顺手在自己的衣服上擦了几下。他看着她。她也看着他。周围一片黑暗，只有鞭炮声此起彼伏。

他们找到一家还没关门的小面馆。和平说，来一碗阳春面，再来一碗牛肉面。他们坐在油腻而肮脏的木头桌子旁边，一只昏暗的灯泡悬挂在屋顶上，电视里的欢歌锣鼓很嘈杂。店老板端上来两碗热气腾腾的面条。和平把阳春面放到自己的面前，然后把牛肉面推到南生面前。

南生看着面条。她的面条上有数片卤牛肉和香菜，和平的面条上只有几片葱花。和平一言不发，拿起筷子埋头就吃。南生也拿起筷子。房间里温暖的灯光照亮面条的热气，两个人的额头上渗出微微的汗珠。这是南生吃的第一碗牛肉面。南生记得。城市里的面条，汤汁油腻而厚重，牛肉脆薄鲜美。是她吃过的最美味的一顿食物。她把汤喝得干干净净。

抬起头，和平用阴郁异样的眼神看着她。他说，不要告诉妈妈，我们吃面条了。明白？南生点头。和平又说，吃饱了吗？南生说，饱了。他们走出了面馆。小面馆门口挂着两只喜洋洋的红灯笼，台阶上堆起湿漉漉的积雪。

兰姨在凌晨的时候回到家。她眼神狂热，嗓音沙哑。经过亢奋的悲伤和歇斯底里，被别人扶着回来。她看着南生，面无表情地说，今天你乡下阿姨代你外婆打电话来，说要接你走。我说，我要遵照你父亲的意思，把你留下来。以后我们家吃什么你就吃什么。

南生住在和平的房间里。那里搭了一张小床。是一间朝西的窄小的房间。陌生的床陌生的被子陌生的气息。窗外依然有零落的鞭炮声。一切都是逼仄而寒冷的。她坐在墙角，一声不吭。外面很快响起兰姨与和平的争吵。兰姨愤怒的声音有尖利的破碎，像一地的碎玻璃。

和平，你是不是拿了我放在桌子上的五块钱?

我没拿。

她说，你不但偷钱你还撒谎。你就跟你爸爸一样流氓。你是不是出去吃东西了?

和平说，没有，我们出去看放鞭炮了。

你胡说。她尖叫。猛然响起来热水瓶摔在地上爆裂的声音。热水和碎片在房间里一片稀里哗啦。兰姨走过去扭住和平的脖子扇他耳光。她用全身的力气扇他的耳光。和平像动物一样愤怒而沉闷地挣扎。兰姨大声地叫，你给我跪下来。流氓。没心没肺的东西。你跪下来……

南生在墙角用双手紧紧地堵住耳朵。她听到肉体被粗暴地推搡和击打的声音。她没有经历过这样的场面。心惊惶地跳动，似乎要碎裂一般。似乎过了很久，外面安静下来。窗子有雪光映照进来。和平走进来。他在黑暗中脱衣服。他往墙角大声地吐出嘴巴里的血水，呼吸粗重。脱了一半看到南生坐在床上，靠着墙角在看他。他闷声地说，你不睡觉做什么。

南生走到他的床边，用手去摸他的脸，他疼痛地闪避，粗暴地说，别碰我。他爬到床上，把被子拉起来盖在身上。他的胳膊上有被玻璃划伤的血迹。南生看到自己手心上黏湿的血迹，那是和平伤口上的血。她捏紧手心，沉默地站着。她低声地说，以后我们不要再出去吃面条了。

他说，没事。以后我还带你去。

她为什么这样打你。

她有病。和平冷漠的声音在被子下面响起来。他不愿意再说话。

在模糊中即将睡过去的时候，和平听到女孩的床上发出声响，轻轻的，若有若无的辗转。他听了一会儿，下床走过去。南生全身蜷缩在一起。他去摸她的额头，皮肤滚烫得像火烧一样，烧灼他的手心。他摸她的手，她的身体在轻微地颤抖，那里也是干燥发烫。他说，南生。你生病了。

我要回家。女孩子的声音很轻，但很坚决。

这里就是你的家。

他扶起她的脸，想喂她吃药。摸到女孩脸上的泪水。她的整张脸被冰冷的眼泪浸湿。他想开灯。她不愿意。她说，为什么是我杀了爸爸。

和平看着她，发现自己说不出话来。犹豫着，伸出手蒙住她的眼睛。她眼睛里的泪水。温暖的液体浸染他手心的皮肤。

他说，谁说你杀了你爸爸。他只是离开你。

童贞的过往

南生在N城的生活就这样开始。N城位于浙东沿海，是一座只有七十万人口的古老小城。一直有人不断地背井离乡，外出谋生。有大部分的居民迁徙到了上海和江苏一带。这个小城市，有着每年一季带着海水腥味的剧烈台风，逼仄的小巷子，陈旧的梧桐。他们吃很咸的蟹糊和虾酱。家庭有着严格的传统和规矩。

和平的家，是在沿马路的大杂院里。那条马路叫孝闻街。街上有古旧的青石板。从石板缝隙里生长出细细的野花茎，开出艳黄的花朵。马路两边的梧桐，一到台风季节总是会被刮得枝叶残落。大段大段的粗壮树干倒在路面上，被大雨浇成了黑色。于是整条街道上都会散发出植物伤口辛辣的清香。

马路两边，有很多大杂院颓败的院门。古典的明清造型，墙头伸展出瓦松和蔷薇花丛的绿意。院子通常有一条阴暗幽深的弄堂，两边堆满居家的杂物。比如废弃的自行车，床板，椅子或者旧鞋子。穿过去，可以看到天井和木楼梯。通常里面可以住二十多户人家。还有洗衣服倒脏水的阴沟及公用的厨房。邻居们低头不见抬头见。

南生住在二楼。只有两间房间。厨房在楼下，是八户人家公用的。走廊的墙角里，放着脸盆和毛巾，可以在那里盥洗。薄薄的木结构地板和墙壁，因为年代的长远已经暗淡和腐朽。兰姨最终又在小房间上面搭出一个阁楼，给南生住。由小而陡峭的木楼梯爬上去，还得掀开木板。阁楼很小，用钢丝拉出平顶，糊上厚厚的牛皮纸。墙壁贴上干净的报纸，放一张钢丝床，一张破旧的木桌子。

雨天有滴滴答答的漏水，经历过黄梅天，潮湿的贴纸开始晕出一团一团肮脏的水纹。整个房间都有潮湿的气味。但是推开阁楼顶上的玻璃窗，能看到一角蓝色的天空。

睡在阁楼上的第一个夜晚，因为炎热和陌生。南生做了梦。梦见自己回到乡下的大堂屋里。空荡荡的大屋子里还有谷子的清香。那张大木床，垂着帐篷一样的布幔，好像与世隔绝的洞穴，温暖迷离。

她看到父母躺在上面。她看不清楚他们的脸，却闻到他们身体和皮肤的气味。有血的淡淡腥味。她躺在母亲的身边，然后又穿过被窝，爬到另一头父亲的枕边，黑暗的行程充满冒险的乐趣。男人让她摸他的下巴，那里有硬硬的胡子茬。当他用下巴磨蹭她的脸，她尖叫着笑起来。

南生第一次听见自己发出这么响亮的声音。然后她醒过来。她看到高高的玻璃窗漏进来的月光，水一样地流淌在她的床边。南生感觉自己被整个世界遗弃，孤独深不可测。她睁大眼睛，一动不动地看着天窗外的夜空。夜空深蓝。星光闪烁。那是她在小镇里曾看到过的，一整个天空的绚烂的繁星。可是在城市浑浊的夜雾里面，已经不再明亮。

九月。南生去街道所属的学校插班读书。家里一下子要供养两个孩子读书，景况不是很充裕。南生与和平，还是要帮家里做很多事情。比如课余去附近的木材厂刨树皮，这样生炉子的时候可以节省用煤球。没有电视，没有玩具，没有游戏。对南生来说，最快乐的事情，只是每个星期天，与和平一起去木材厂刨树皮。

其实这是苦累的差事，两个人总是搞得一身臭汗淋漓。先得在厂门口等半天，等粗大的圆木被推进来，就要跑上去匆忙地把树皮刨下来。因为很多人都会来做这样的事情，而厂里面的管工还要来驱赶。所以匆促和抢夺中，常会被木刺扎了手或把手臂蹭破。最严重的一次，和平左手臂上整块的皮肤被磨掉，露出鲜血淋漓的肌肉。

但如果不出什么意外又满载而归的话，和平会带她去附近的铁轨上玩。那里有两条铺向远方的铁轨和被太阳晒得滚烫的碎石子。用来运送木头和煤块的火车停在一边。附近居住的人把洗干净的床单铺在石头上面晾晒，偶尔有麻雀踮着脚一样轻盈地走过。

铁轨边有大簇大簇的长茎的雏菊。附近铁道管理站养的大黄狗在路上摇着尾巴走来走去。南生跟着和平在铁轨上面走。有时火车轰隆隆地经过，南生用手捂住耳朵，感觉飞掠而过的呼啸风声，兴奋的神情。和平扔着石头，淡淡的。他只带着她玩。看着她采了野花，抓在手里，然后走在铁轨上，摇摇晃晃地平衡着身体。等到夕阳降落，暮色清冷的时候，两个人拎了沉重的大篮子回家。

如果和平愿意，他还是有很多种让南生快活的方式。比如带南生去抓萤火虫。在郊外的野地草丛里，踩进小河里，打着手电。把萤火虫放在玻璃瓶子里。附近稻田里有青蛙在叫。成熟的粮食在风中散发出芳香。树林传来神秘的语音。如果水太深，和平就让南生趴在他的背上。那些萤火虫常常在一夜之后死去，僵硬的小尸体让南生震慑和难过。和平问她，还想去抓吗。南生说，它们会死。和平冷冷地说，任何东西都会死的。只要你觉得快乐。

回家的路上有冷饮店。南生记得西米露是二毛钱一碗。贫乏的生活很少有机会吃到甜食。这糯糯的小圆粒，奶白色的汤汁。甜腻的，有清凉的小冰屑。是奢侈的享受。冷饮店天花板上的电风扇呼啦呼啦地转动着。和平和她，一个人一边坐在木桌子的两端。和平买一碗，放到南生的面前。看南生用勺子搅动，一颗一颗地嚼，舍不得一口气吃完。和平就用手指背敲她的额头，粗声骂，快点吃完，不要磨磨蹭蹭。南生吃了一半，把碗推过去，说，我吃不下。你吃。和平又推回去，说，吃不下也得吃。

虽然面对着生命的诸多艰难和无法跨越的悲凉，南生与和平还是自由自在地长大。

兰姨依然在绣品厂上班。同时接一些私活在家里做，帮别人在衬衣，枕头套，桌布，窗帘上面绣花。每天晚上，家里都是缝纫机踩动的声音。一直持续到凌晨。有时候她出去看戏。也会有陌生的男人来家里。只要有男人在家里，兰姨就心情愉快。脸上有妩媚的神情，会用甜美的嗓音哼歌。

但总是有些事情不遂心愿。比如失去婚姻。没有可靠稳定的感情和诺言。不停劳作的未来。以及两个需要被承担的孩子。一旦忧郁症爆发，她就歇斯底里地发作。她不轻易打南生，因为南生不是她的孩子。她只把南生当成家里的一把椅子或一只水杯，放在那里可以不寄予感情。

和平是她唯一的敌人和亲人。她折磨他，以各种让自己感觉快慰的方式。打他耳光，压制他，命令他，把东西胡乱地朝他砸过去。家里的热水瓶，碗，盘子，总是时常碎，需要重新购置。局促贫穷的生活，让她对自己失望。

和平渐渐习惯和他的母亲一样，用粗暴放纵的方式发泄他的感情。他心里柔软温暖的东西渐渐被压抑，不敢轻易透露出来，怕受到伤害。曾经他是喜欢读书的孩子，成绩很好。物理还曾参加省里的比赛得了高分。他有能力持续升学，用学业来解救自己。兰姨不关心他的学习成绩。他拿回来的三好生奖状，她随手就扔进了垃圾桶。和平忍耐着自己的母亲。忍耐她歇斯底里的心理疾病和她反复的突如其来的情绪崩溃。直到那一年，和平知道自己的身世。

他始终以为自己是父亲的孩子。虽然他们离异，父亲一去不复返。那天她带他去见一个男人，说他才是他真正的父亲。和平英俊的外表和桀骜的性格，和那个窝囊的司机没有任何关系。她想问那个男人要些钱或者一个机会。他曾经是工厂上级部门的一个领导，比她大十多岁。她在婚后认识他，孩子是他的。

她天真地以为爱欲的余烬会给他们母子带来改变。在饭桌上，男人谨慎地打着官腔，用微妙的眼神审视着和平。她让和平叫他父亲。和平愤而离席。那年他十六岁。

是母子吵得最凶的一次。因为失望，他们像疯狗一样彼此咒骂和扭打。拿起东西乱砸。兰姨气得浑身发抖，因为和平的反抗比任何一次更激烈。他骂她臭婊子。她抓着他的头发猛扇他耳光。她说，你居然敢这样对我。早知道这样就该生下你就把你掐死。我恨我自己生下你。你就和你父亲一样无耻。

和平的脸肿了，嘴角淌出血。他说，那你杀死我，你现在还来得及。兰姨不语。她径直走进厨房拿了菜刀出来。南生尖叫，扑上去争夺。和平推开她，从兰姨手里夺过菜刀。他的脸上露出嘲弄的微笑。他说，你吓唬谁。如果我可以选择，我又为什么要做你的儿子。

他把刀对准自己的左手臂剁下去。南生的脑袋轰地一下，她的眼睛里只有一片红光。和平僵硬地抱住自己受伤的手臂，温热腥甜的血液从他紧捂的手指间喷涌出来。那么多的血，黏湿地浸润了皮肤和衣服。

和平往外面跑。南生跟出去。她听到兰姨绝望的声音，她说，让他滚。他死不了。雨下得很大。整个城市被雨雾弥漫。闪电划破天空。和平狂奔的身影就如同受伤的野兽。终于在大街的拐角处消失。

和平的青春变成混乱而堕落的一场战争。他放弃学业，整日逃课，热衷于运动和打群架。认识街头流氓，并很快成为他们的一员。和他们一起嘴上叼着香烟，混迹于大街小巷。他打台球，偷摩托车，斗殴，赌钱，沉沦于漂亮女生和黄色录像。和平渐渐长得高大挺拔，但眼神阴郁而邪气。手臂上那道丑陋的伤疤结束了他疼痛的少年，留下无法平复的创伤。

和平频繁地夜不归宿。兰姨到处找他，每次一找到就一顿臭骂。和平和母亲之间的感情彻底破裂。在他们彼此纠缠的时候，南生甚至在和平的眼睛里看到一种得逞的愉悦。他喜欢让他的母亲愤怒。他得心应手地采用自虐和虐人的方式。折磨他人。解放自己。

南生在学校里没有朋友。因为她的生活有诸多禁忌。她不对任何人提起她的家庭，父母。而其他同学知道林和平是她的哥哥，对她均采取躲避的态度。看她的眼神不免轻视。过于浓重的自我保护使南生成为一个神情冷淡的女孩。在她的心里潜伏着一个深渊，扔下巨石也发不出声音。

这个深渊让她独来独往。不轻易说话。也无笑容。脸上有一种类似于兵器般冰冷的气质。像一把刀插在鞘中，虽没有拔出，却让人感觉可随时出现的杀伤。南生和她周围的世界产生距离。她难以相信别人。也不相信自己。她的世界是一座黑暗的上了锁的洞穴，她只有蜷缩在里面才感觉安全。所有的喧嚣和南生没有关系。一个人的时候她才自由自在。她拒绝被靠近和了解。

大部分时间是在图书馆里。她看书，借阅全套的外国名著。在上数学课的时候把课本挡在上面看小说。那种折磨着她的，时而振奋时而又沮丧无比的激情再次出现。而在看书的时候，来自思想深层的沟通，就像输血的大针头一样，重重地扎进她的血管里。

她是一个贫乏的人。急于抓住任何东西来填补自己。有时候她想起在大溪岭的山顶。她感受到的剧烈的阳光和风速。她的尖叫。她放纵而纯真的童年。那是她灵魂里面光明的东西。她把它们埋藏到深不可测的底处。

南生已经近三个月没有看到和平。他和那些混混同居。住在北街电影院后面的一条弄堂里。南生去找他。那是一个阴雨天。南生穿着白衣蓝裙，撑着伞。她站在黑暗窄小的走廊里，看到很多紧闭的房门，不知道和平在哪里。于是大声叫和平的名字。

在她背后，有一道门打开来。一个赤裸着上身的男孩出现，嘴唇上叼着烟看她。

你找和平干吗。他没空。每天都有妹妹来找他。

南生说，我就是他妹妹。她推开他，沿着门后的走廊径直走进去。黑漆漆的房间里弥漫着一股暧昧腐烂的味道。有低声的呻吟。南生陡然看到两具赤裸的身体在电视机的蓝光里蠕动。屏幕上在放录像带。和平的脸上有一种死亡般的沉溺和麻木。南生站在阴影里看着他和陌生的女孩做爱。她的目光冷漠。然后他看到了她。

你怎么会进来。他神情惊慌，恼火地把毯子扔到地上，盖住女孩的裸体。女孩哼了一声，用毯子裹住身体，走到里面的房间去。南生安静地看着他。

以后不许到这里来，知道吗。你再来我打断你的腿。

南生冷冷地说，兰姨这几天生病了。她一直胸痛。

他在黑暗中摸索了一会儿，递给她一沓纸币。他说，让她去看医生。剩下的你交学费，买点书看。

我不是问你来要钱的。她平静地看着他。

和平一个耳光抽过去，他粗暴地吼叫，那你来做什么，来窥探我如何和女人做爱吗。

那是你的事。南生说。她冷漠的眼睛像一朵清冷的花。唇角渗出了血。窗帘已经被和平拉开。刺眼的日光下面是和平憔悴而灰暗的脸。一张沉溺于香烟，酒精和情欲的脸。她看着他。然后她说，我走了。

南生拿了伞转身离开。她穿过走廊，走出房门，走下破旧的咚咚作响的楼梯。天庭里的雨水打在青石板地面上，发出嗒嗒的声音，水花四溅。南生穿着凉鞋的脚泡在水中，脚趾冰冷。她的眼泪灼热地流下来。她等在那里。和平套了一条牛仔裤，匆忙地赶下来。他把钱塞到她的手里。

南生。你要好好读书，知道吗。不要再来这里。他摸她的脸，还疼吗。

南生摇头。她说，学校已经通知我，直升省重点中学。

很好。和平笑。他用手捏南生的下巴。好好读。

你什么时候回家。

不知道。我想离开这里。

去哪里。

广州。他们说那边能挣钱。

夏天的时候，和平来看她。和平等在校门隐蔽的角落里，对南生吹口哨。他穿着旧牛仔裤，叼着烟，不羁的样子引得女生侧目。南生跟着和平七绕八绕，来到郊外水泥厂的仓库。那天阳光曝晒，天气非常炎热。他们走得很快。南生跟在后面一声不吭地追随着和平。他带她到一间很小的破旧房子里面。

里面空无一物，除了简单的灶台和铺在地上的床垫。被褥乱七八糟地叠着，到处是剩菜和冷饭。肮脏混乱。和平一进去，就把能找到的食物都放在一个锅子里加水煮，准备水开了捞上来吃。他一直在抽烟，辛辣的劣质烟。身上的衣服散发出一股发霉的臭味。胳膊上有斑驳的血迹。南生走过去，撩起他的袖子，看到两道新鲜的创伤，已经溃烂流水。

又打架了？

出了点事。和平轻描淡写。赌钱输了，欠了债。然后两个女人怀孕，硬说是我的。他妈的。他笑。狠狠地吸烟。这房子朋友借给我暂时躲避一下。我现在不能上街。一被他们看到，就要砍死我。

南生不说话。她心里已经有预感。他说，我准备去广州。今天晚上就走。搭朋友的一辆货车。他已经收拾了东西。一口旧皮箱，里面胡乱地塞着衣服。

南生说，你有钱吗。

到了那里再说。

那你等我。我马上就来。

南生奔跑在大街上。跑得气喘吁吁。她的汗水顺着额头往下流淌，刺痛了眼睛。在某个瞬间，她的心里突然感觉到绝望。一个曾经爱护她，带给她快乐和温暖的人，又要离开她。是她身边仅剩的一个。但是她留不住。

家里没有人。南生跑到小阁楼里，把她平时储蓄下来的零用钱全部倒出来，是一堆硬币和毛票，用一块手绢包起来。找到红药水和纱布。走进厨房，没有吃的东西。又找和平以前的旧衣服，整理出几件比较干净的，放进包里。然后她往回赶。

经过熟食店的时候，南生停住。她走过去，隔着玻璃窗对里面的营业员说，阿姨，给我一只烤鸡。

是整只吗，小姑娘。营业员看到穿着白衣蓝裙，一脸洁净的南生，心生好感。帮她挑了一只烤鸡，磅了秤递给她。

阿姨，你再帮我称半斤凤爪。

在营业员低头去挑凤爪的时候，南生抓住烤鸡就往马路对面的小巷子飞快地跑过去。身后传来尖声的呼叫，哎呀，小姑娘，你怎么不付钱……

南生拼命奔跑。

和平涂了药，扎上纱布，换了干净衣服。然后他扫了她一眼，说，这只鸡怎么来的。

我偷的。南生说，我有了钱就还给她去。

为什么要这样做。和平看着她。他的眼睛深处有阴影，然后迅速地恢复了以往不羁的眼神。你是不是喜欢我，南生?

南生推开他的手。独自走到床边坐下去。她把头埋在自己的膝盖里。和平捧起她的脸，南生倔强地看着他。眼睛里有泪水。和平，你要答应我，在广州你会好好的。

那个夜晚，南生与和平在一起。她蜷缩在床上睡着了。和平坐在旁边抽烟，走来走去。南生说，你等会走了记得叫我。我要送你。和平说，好。你快点睡。

他伸出手抚摸她的眼睛。粗糙温暖的手指。然后他的嘴唇俯过去，轻轻压在南生的眼皮上，吸吮掉她的眼泪。南生屏住呼吸，一动也不敢动。只听到自己的心怦怦地剧烈地跳动，似乎要碎裂了般的疼痛。她紧紧地闭住眼睛。黑暗中出现的是冬天的大雪，和平推给她的牛肉面。和平在夜色的树林里，背着她捉萤火虫。和平手臂上的鲜血。模糊中她听到和平说，南生，我是第一个吻你的男人。你记得。

半夜她终于疲倦。闭上眼睛睡了过去。看到自己走在一条陌生的小镇街道上，路人说着她听不懂的异乡语言。阳光很好，一地都是陌生的花朵。深紫色，花瓣肥厚而汁液饱满。脚踩上去，汁水飞溅。

她走在路上，似乎是去见一个人。心里紧张而兴奋。觉得脚下越来越湿，低下头看，汁液变成了鲜血。而鲜血来自她的手腕。她抬起手，看到上面鲜血淋漓的伤口。而她整个人是被捆绑着的。不能回头走，也无法停止。

她惊叫一声，清醒过来。看到房间里洒满刺眼的阳光。天亮了。和平也早已经走了。

她的身上盖着毯子。那只烤鸡和包着她的零花钱的手绢放在桌子上，和平没有带走。他给她留了一张纸条，上面写着一个传呼号码。

南生。有事情就打电话。把鸡还回去，以后不许做这样的事情。

和平离开的第二个夜晚，南生来了例假。那年她十三岁。

她梦见母亲睡过的铁床上的血斑。那块血斑散发出甜腻而芳香的气味，一点一点地晕染开来，然后爬上南生的皮肤，蔓延着把她覆盖。她的母亲。面目模糊的女人。一双温暖柔软的手。她抚摩南生，轻轻哼着歌声。那张大铁床脱下雪白的尼龙纱床幔，父亲站在床外，安静的姿势。就像他曾经站在人群熙攘的大街上准备向她走过来一样。

南生醒过来的时候，看到是凌晨四点多。她看到了床单上的血迹。她不知道这血是从哪里来的，看看身体，没有任何伤口，也无痛感。她把被子翻来覆去地找。然后她突然明白过来。脑子里清醒。抱了床单轻轻下楼。

厨房里空无一人，南生拿出洗衣盆把床单泡下去。外面是淡青色的天空，还有暗淡的星光。南生的双手泡在冷水里，轻轻揉搓着血迹。她确定那些血液是来自她的身体。洗干净的床单晾晒在细麻绳上。在风中轻轻地飘动。南生展开床单，把脸贴近，仔细地看着。淡淡的痕迹。

她的童年就这样过去了。

兰姨自从和平不辞而别以后，就像一只硬撑着的皮球被扎了一下，小小的缺口，让她全盘地崩溃。她的忧郁症加重，去医院配了很多药。那些药让她的脸浮肿，神情更加呆滞。

南生很努力地读书。她清楚读书是她唯一的出路。

一直在全班四十多名同学里面遥遥领先。只是她的字写得不好看，因为阁楼里的桌子太低。南生每次都跪在地板上，然后身体趴在小桌子上，用力地在作业本上做抄写。她的眼睛一会儿就痛了。疲倦的时候，南生爬上小梯子，打开天窗，从阁楼里钻出去。

外面就是瓦片的屋顶，开着一蓬蓬的瓦松花。麻雀和鸽子停在上面，南生的窗户一打开，鸟群就扑闪着翅膀飞走，一边发出低低的叫声。南生不敢出去太多，只能把身体靠在窗框上，然后一点一点地把脚移出去。当阳光晒到她的脚，她轻轻地扭动自己的脚趾。只有那时候，南生是快乐的。

在学校里她喜欢一个人跑到操场上，看高年级的男生打篮球。坐在石头台阶上，沉默地看着那些大男孩在操场上奔来跑去。天空很蓝，远处有火车的铁轨，不时地听到汽笛的鸣叫。等到他们打完篮球回家，天也差不多快黑了。

南生在暮色弥漫的操场上跑步。一圈又一圈。只有在激烈的风速中她才能感知到自己内心的激情。她长大的心，就像一只鸟，渴望着自由。

不愿意回家。常常独自在大街上漫步到天黑，爬到高高的人行天桥上，看着下面的车水马龙和陌生人群。暮色弥漫的城市街道，行人和车辆喧嚣地像潮水一样出发和回归。冬天的夜晚寒风刺骨。

南生想，她会有一个完整的家庭。她会爱上一个男人，为他生很多孩子。会和这些属于她的亲爱的人互相陪伴，不离开半步。直到天荒地老。她渴望所有她缺失的感情。

开始读高中。十七岁的时候认识了许榛生。

许榛生是邻班的班长。一个来自北方的男孩。瘦瘦的，有明亮的笑容。很多场合他们遇到：开大会的时候上去领奖，图书馆，社团活动，食堂，各种竞赛，还有校园的小路上。他每次见到她，就微笑着对她点头。

南生想，明亮的笑容就是这样，灿烂天真，一览无余。还有热情和善良。在她的生活里，很多人没有这样的笑容。不管是和平，还是兰姨，他们总是在愤怒着。

第一次说话是在阶梯教室上公共课的时候，他刚好坐在她的旁边。穿一件白衬衣，短而干净的头发，笑起来的时候眼角有细细的纹路。他说，我们的名字里都有一个“生”。他的普通话带有北方口音，很动听。那堂课很枯燥，于是他们一直通过笔和纸在交谈。他告诉她，他是北方人，因为父母调过来做一段时间的工作，他也跟过来。他说，他老家所在的城市就有大海。是碧蓝碧蓝的大海，他的父母在休假日常带他去海边玩。

他说，以后放假，我带你去我老家看海。你看过大海吗。

南生摇头。她短暂地微笑了一下。许榛生注意这个孤僻冷漠的女孩已经很久，第一次见到南生明眸皓齿的笑容，为其中的甘甜而微微发愣。

一起相约看过一场电影。那天是南生的生日。南生在图书馆里碰到榛生，尾随他走到校园里。榛生转头看到南生，她的脸在炎热的太阳下，看过去无助而惘然。似乎不知道自己想要什么。他说，南生，有什么事情需要我帮你。南生说，晚上你有没有空，我们去看电影。

晚上榛生等在院子外面。南生在阁楼上看到少年已经等在门口，双手插着裤袋。树一样挺拔的身影。她刚洗完澡，换下学校制服的白衣蓝裙，穿了一条粉色的布裙。洗得有些旧了的颜色，但掩饰不住南生青春容颜的光泽。

南生穿越漆黑的起风的弄堂走出去，黑暗中只听见裙子打在赤裸的小腿上，发出轻微的啪啪的声音。刚洗过的干净头发还有点湿，直直地垂在肩上，能够闻到洗发水淡淡的味道。

是一个夏天的晚上，很晴朗，风也清凉，院子门口的栀子花已经开得要谢掉了。许榛生穿着蓝色的布裤子和白衬衣，双手插在裤兜里，站在梧桐树的阴影里面。看见南生的时候，他微笑。很白的牙齿，微微皱起来的鼻翼，这样一个微笑，成为南生后来回忆这个男人的唯一一条线索。

放的是一部劣质的台湾片。电影院里空荡荡的。南生和许榛生坐在中间的位置上，周围的座位都是空的。他出去买了汽水和话梅给她。她接过来的时候，发现汽水瓶的盖子已经旋开，话梅袋子也撕开了。南生不说什么，把话梅放进嘴巴里。很酸的话梅。榛生紧张地问，不好吃吗？是不是很酸？南生摇头。

看完电影顺着街道往前走。青石板的路面上有很多坑坑洼洼的缝隙。南生穿着球鞋，偶尔踢动路面上的小石头，它就咯噔咯噔地在寂静中往前滚。走过一条小巷子，就到了南生住的弄堂。一面围墙里面涌出来的一大丛蔷薇花，坚硬的绿色枝叶蔓延，开出一簇一簇的粉红的花朵。

南生记得是在那堵灰白的斑驳的泥墙边上，榛生摘了一朵蔷薇给她。他说，南生，你的笑容就和它一样。路灯昏黄的灯光下，榛生温柔的眼睛像一泓湖水。那天晚上是南生的生日。可是她没有对他说。

她拿过花，转身就往里面走进去。一边沿着黑暗的楼梯往上跑，一边忍住眼睛里的泪水。回到阁楼，慌张地扑过去打开天窗，探出身去，刚好看到榛生抬起头看了一眼，然后转身在寂静的夜雾弥漫的小巷子里走回去。

花影憧憧，一个少年的白色背影慢慢消失在夜色里。

看完电影之后，南生和榛生的关系并未激化。

也许他们都是认真谨慎的人，在学校里是优等生，常出席各种场合，备受注目。他们只在擦肩而过的时候交会眼神。班级之间不断流传着各种关于恋爱的传言。榛生是被许多女生暗恋的对象，自然绯闻更多。南生有时候在旁边听到女生热切的窃窃私语，听着许榛生这个名词，觉得仿佛是一个不相干的又极其亲密的人。

她没有太多精力思考这件事情。因为兰姨的病情恶化了。在严重的抑郁症之外，兰姨去医院检查，得到的另一个消息是，她得了乳腺癌。胸口痛了这么多年，原来病毒早已经侵蚀了身体。她的乳房里有许多恶性肿块。医生说得做切除，同时接受放射和针药治疗。

南生记得她在医院走廊里看到兰姨出来的时候，兰姨在笑。她已经很久没有微笑。她的笑容在阳光下很甜美。南生，阿姨快死了。她温和地说，然后慢慢地在走廊上走过去。走廊尽头是一片黑暗。

南生开始每天下午一放学就往医院赶。兰姨住进医院以后情绪起伏剧烈，病情持续恶化。有时候对南生大发脾气，把她端来的汤水兜头倒过去。医生对南生说，你一定要说服她马上动手术，否则就很危险了。她还有没有其他的亲人，快去通知。

南生撑在那里，不想给和平打电话。她心里有强烈的一种感觉，和平回来就会出事情。和平和兰姨的性格都太霸道。有太多危险的气息。南生给兰姨买水果，烧饭菜，洗衣服。夏天酷暑难当，一动就身上全是黏湿的汗。南生快高考要复习，有时候在病房里做作业，做着做着就歪了头睡过去。深夜醒来，看到房间中央明晃晃的月光，兰姨的脸在白色的被子和床单中像一张被压得薄薄的纸片，她的嘴唇轻轻地嚅动着。

南生想念和平。不知道他在那个遥远的城市里如何生活。但是她确定他在故意遗忘她。他从不打电话给她。也没有信件。南生记得与和平告别的夜晚。他不告而别。放弃了这个城市，放弃了他的生活，放弃了他的母亲和家庭。同时也放弃了她。

许榛生要走了。他要考大学，得回到北方去读。因为他的父母工作上的任期已经结束。

南生记得他来告别的那天，她在厨房里为兰姨烧一锅鸡汤。阴暗狭窄的公用小厨房里有一股油烟的恶浊气味。砂锅扑通扑通地响着。南生的汗水顺着额头往下流淌。

她不知道自己可以说些什么。就像在黑暗的电影院里，她接过一袋被体贴地撕了口子的话梅，吃得流出了眼泪。一切就是这样的，能够来的要来的已经来的东西，就只能接受它。有太多的人在对她告别。南生在那一瞬间是绝望的。她看着榛生。她说，榛生，你跟我来。她带他上了阁楼。

阁楼外的一棵玉兰在开花。雪白硕大的花朵，花瓣肥厚而艳丽。春天的黄昏。风中有花粉的气味，榛生身上汗水的气味，草丛和泥土的味道，还有从心脏的每一条缝隙里弥漫出来的绝望的气味。

榛生的个子高，在阁楼里必须微微低下头。他看着天窗，说，这里有梯子可以爬出去。屋顶上有什么，南生?

有一群鸟。南生说。她的背紧贴着墙壁。她的心跳得很痛。她把脚上的凉鞋踢掉。赤裸的脚踩在裂缝的陈旧地板上，发出破裂的碎音。她走到榛生的面前，把嘴唇贴在他的嘴唇上。他的嘴唇上有室外带进来的阳光气味。

榛生犹豫地俯下头亲吻她。南生纯白的容颜犹如花朵盛开。柔软的，而又冷漠。他的身体热得发烫，呼吸开始急促。浓重的暮色慢慢笼罩了阁楼。一片死水般的寂静。只听见凋落的玉兰花瓣掉落在地上，发出沉重的坠落声，像自尽一样。

榛生轻声问，南生，为什么要这样。

南生说，我想这样。她的眼睛里有隐约的泪光。但是眼泪流不下来。他摸不透她。他也永远都控制不了她。所以，她的心里虽然有恐惧却异常镇定。

她慢慢脱下身上的裙子。里面穿着白色的棉质胸罩和内裤。她又脱下身上剩下的衣服，面对着榛生。她纯真的身体在灼热的暮色中像清香的植物。她把他的左手拉起来，放在她赤裸的胸部上。榛生发出低声的呻吟。他说，南生，你真美好。

你爱我吗。

我爱你。榛生发出含糊的声音。

会一直爱?

一直。

南生微笑。泛滥激情终于以势不可挡的力量包裹了她。她闭着眼睛,没有看那个紧紧地拥抱着她的男人。她的心就像一只白色的鸟,振动着翅膀飞速地俯冲下去,顺着深渊,只听到呼啸的风声……

她看到外婆家空荡荡厅堂里的月光。漫山遍野的油菜花。刺眼烂漫的金黄,就像血液一样沸腾。然后是和平不羁的微笑,南生,你是不是喜欢我……但是她内心的绝望已经要淹死她。

当他在她身体里面爆发的那一刻,南生仰起头,看到窗外一群飞鸟闪动着翅膀哗啦啦地飞过。

榛生送南生去医院。南生抱着那罐鸡汤,刘海黏着汗水,湿漉漉地搭在额头上,一路无言。走到医院门口,她说,榛生,你一路保重。

她没有多余的话对他说。那张刀刃般锋利的面容,花朵一样脆弱的笑容。他困惑于她的突然的激情和结束之后的冷漠,不知所措。

他说,南生,我每周都会写信给你,直到你不愿意再收到我的信。她点头。

她说,再见,榛生。

她看着他回身走过去。走过街口的时候,回头看她。阳光照得她头晕目眩，手心里却是黏黏的冰冷的汗。南生感觉到自己被撕裂的身体，血还在汩汩地流出来。温暖的血浸润着她，让她浑身散发出甜美而浑浊的腥味。城市的背景渐渐模糊。那天的夕阳有血红的轮廓。南生心中完满的东西一去不复返。

晚上从医院回来以后，南生开始清洗内裤和棉裙。她把衣服泡到洗衣盆里，擦上肥皂，用力地揉搓，洗干净遗留在上面的血。然后把拧干的裙子晾在阁楼的细麻绳上。湿的还在滴水的白色裙子在夜风中飘动，模糊的白色就像青春消逝的印记。南生用手撑开它，把脸贴过去，仔细地看它。看到裙子上一小块淡淡的血斑，很淡很模糊。她的动作和她第一次洗被经血弄脏的床单一样。

失去童贞的那个晚上，南生发现自己的长大。有一种更镇静冷漠的力量控制了她的身体和灵魂。她在附近的杂货铺买了一包烟。第一次抽烟，呛了几口以后就能够享受那种镇定的感觉。她坐在黑暗中，看着风中的裙子，抽完了她生命里的第一根烟。

在接近于盲目和激烈的故意破坏之后，南生完成了自己的蜕变。

南生在十九岁的夏天度过了她生命中最沉重的几个过程。

在高考的考场上，她晕了过去，因为疲倦和身体虚弱。眼前一阵发黑，突然连人带椅子仰面摔倒在地上。在医院里吊了一天盐水。一门科目报废。只能咬着牙硬撑下去。凭着以前打下的底子，其他科目还是考到了高分。所以这次变故虽然没有考上理想的名牌大学，还是上了本科的分数线。顺利地录取到杭州的一所大学。专业是最热门的国际金融。

兰姨也终于决定动手术。她渐渐平静下来，因为终于明白很多东西即使抗争拒绝也不可回避。比如疾病，一天比一天更深重地控制了她的肉体和精神。还有孤独。她是曾经这样妖娆丰盛过的女子。但最后爱过她的或她爱过的人，都不在她的身边，包括她的儿子和平。

她已经接近死亡的边缘。没有一种孤独感比此时更加强烈。只有南生。南生照顾她。南生和她一起住了十二年，这十二年里面，她们始终是面对面的陌生人。

临动手术的晚上，兰姨半夜醒来。南生在地上铺了张席子，已经睡熟。她在从窗外透进来的月光下看南生，轻轻叫她。南生听到，但假装睡着，不睁开眼睛。她听到兰姨轻轻地开始说话，她的声音镇静而温和，一句一句在寂静中非常清晰。她说，南生，我和很多男人在一起过。其实心里一直只是想找个人，平平安安地度过一生。可是运气不好。女人是靠运气生活的。很多不幸的女人，心始终会缺掉一块，怎么补也补不上。你父亲是个好人，因为对他的歉疚，我抚养你，你不用感激。我们会一直都是陌生人，因为我和你没有血缘关系，也无缘分。虽然我们在一起，吃饭，睡觉，互相照顾。但是我们一直陌生……

她的声音因为疼痛渐渐模糊。南生把脸靠过去，听到她嗫嚅着，低声叫唤和平的名字。这是她唯一的亲人。她想见到他。南生终于给和平打了电话。

她对传呼台的小姐说，麻烦你转告他，他妈妈生了很严重的病，请他回来。

手术动完的一个月以后，和平回来了。

南生记得那一天。和平离开已经六年。她从医院送饭回来，看到一个男人穿条很脏的牛仔裤，黑色T恤，头发很长，遮住了脸，蹲在院子外面的台阶上在抽烟。她从他身边经过，走进弄堂里，却听到背后响起一声轻快的口哨。

那是她熟悉的口哨声音。她紧张地转过头去，看到了和平被南方的太阳晒得发黑的脸。那是她在冬天的小饭馆里第一次看到的英俊而阴沉的脸。和平已经是个大男人。长得更加高大。身高应该过了一米八二，浑身散发出一股成熟男人的不羁。她闻到了他的气味。她熟悉的从未曾遗忘的气味。她惊喜地抛下手里的饭盒，向他跑过去。和平把她横抱起来，抛上去又接住。南生尖叫着抱住他的头。

和平，你回来了。

考上大学没有?

考上了。在杭州。

太好了。他伸出手捏捏南生的下巴，就像以前一样。然后露出快乐的笑容。然后他说，开门，南生。我坐了太久的火车，太想睡觉了。

和平一睡就是一整天。南生把家里打扫干净，做了晚饭。她打电话到医院，对兰姨说，和平回来了，现在在家里睡觉。兰姨很兴奋，她说，快，快，让他现在就来。我不会怪他骂他。我只想见到他。南生不断地一次次跑到房间门口，悄悄地看躺在床上的和平。他熟睡的样子，带一点点甜美，像个孩子。南生在地上坐着，下巴枕着床单，默默地看着和平睡觉。一直到天色变黑。和平睁开眼睛。

你什么时候去看兰姨。南生说。

谁说我要去看她了？

她病得很严重。和平。她是你母亲。

你觉得她像一个母亲吗。如果说是因为她赐予我生命，那么猫狗也会生一窝下来。这是本能，而非感情。她的本能带给我这个痛苦的世界。

南生对兰姨说，和平回来发烧感冒了。要休息一下，怕传染给她。

兰姨听完黯然地笑。她说，他是不愿意来对吗。南生不说话。

兰姨的手术没有成功，还得再做一次补救手术。灾难般的病痛，已经让这个女人生不如死。

那天晚上，南生守在兰姨的床边，一边在灯下看小说。看累了去水房打水，突然看到走廊里有个人站着。走近一看，原来是和平。他一动不动地站在阴暗的光线里，靠着墙壁抽烟。脸上没有表情。南生心里一喜，上前拉住他的手臂。她说，和平，你来了。快进去和兰姨说话。

和平扔掉烟头，挥手示意她离开。南生还是拉扯。声音传过寂静的走廊，兰姨在里面听到。她直起身体来欣喜地叫，和平，和平，是你吗。

和平一把捂住南生的嘴巴，不让她发出声音，也不让她动。南生记得那天两个人在空空的走廊里僵硬的姿势，只有兰姨的叫声在颤抖着传扬。她的声音从一开始的兴奋，慢慢转向失望。最后是哭泣中含糊不清的呼唤，直到平息。

和平的眼睛里只有一片黑暗的潮水，看不到痛苦，也看不到希望。夜色从窗外涌进来，让走廊变成一条生死茫茫的通道。爱和不爱的人隔在了两边。和平直勾勾地看着那堵雪白的墙壁。他无法穿越心里积累的冰冷阴影。终于，推开南生，顺着楼梯仓皇地跑了下去。

第二天，传来兰姨在医院里自杀的消息。她移动自己的身体到窗口，然后从十五楼飞身而下。落地后当场毙命。疾病的痛苦和临死之前的孤独本来就如茫茫大海，无处可逃。和平的避不见面，终于像一个浪头扑灭了她。

南生遭遇她生命里的第三次死亡。是一个抚养了她十二年的陌生女人。

兰姨的遗体破碎不堪，几乎无法缝补。那个和死亡联结在一起的夜晚，院子里灼亮的灯泡刺得人眼睛发疼。邻居们聚集过来，站在门口指指点点地议论。南生戴着白花和细麻绳，站在空荡荡的房间里看着棺材。兰姨躺在里面面目安详。所有的痛苦和愤怒像鸟一样消失。她的脸是一片白雪茫茫的大地。

南生俯下身，用手指抚摸覆盖在棺材上的玻璃罩面，她的指尖一片冰凉。那一刻，她想起的，是第一次见到的兰姨。她穿着一件鲜红的涤纶西装，伸出手抚摩她的头发。她说，你爸爸死了。南生。那时候她是一个三十三岁的面容艳丽的女子。

守夜之后的凌晨，南生独自爬到阁楼上睡觉。因为疲倦，没有开灯裹了棉被就闭上眼睛睡觉。似乎有隐约的女人失望的哭泣像风一样蜿蜒而上。但是南生想，她已经不会难过也不会恐惧了。死亡是太平常的事情，她不对它敬畏。

只不过是消失。

和平一直没有出现。直到火葬结束，他依然失踪。南生最后被告知，他酗酒斗殴，打断了别人的腿，被抓进了派出所。

南生凑了钱送到医院，给了受害人的家属。然后去拘留所带和平回家。南生穿着学校制服，坐在公车上。那天刮很大的风，有隐约的冷雨。她很累，脸靠在玻璃上差点睡着。听到身后两个妇人说，晚上爆竹又要吵翻天。才想起来今天又是除夕。大街上寒风呼啸，夜色阴沉。天气预报一场大雪即将降落。

南生办了手续，等在大门口。她很冷，只能不停地走来走去，用大衣紧紧裹住自己。铁门打开，和平从里面走出来。他没有剃胡子，头发脏乱。脸上有伤痕，血块已经僵硬。衣服穿得少，神情木然。南生一言不发，走在前面。他们在车站坐上一辆公车。

汽车颠簸着，穿行过寂静的城市。他们坐在最后一排空荡荡的位置上。和平蜷缩在角落里，身体微微颤抖。南生看着他，慢慢把手伸过去。她的手是温暖的，轻轻握住和平冰冷的手指。上周五火葬的。后事全都办理好了。改天你去烧炷香，和平。

和平的脸靠在玻璃窗上不说话。南生等了一会儿，伸手去转他的脸。和平的眼睛干涸而麻木。

南生说，已经过去了。和平。一切都过去了。她把他的身体拉过来，让他侧过身体，把头靠在她的膝盖上。和平伏在她的身上开始剧烈地颤抖。然后南生发现他在哭泣。

我们回家了。和平。不要害怕。

南生轻而怜惜地抚摩他的背。把脸贴在他的头发上。车子带着他们在城市的空洞和寒冷里穿行。夜空开始飘落雪花。

那天晚上，和平睡在南生的阁楼里。他们挤在阁楼的小床上面，因为寒冷紧紧地拥抱。像野兽一样纠缠。进入对方以忘却自己。

南生感觉到自己赤裸的身体在空气里的清冷。和平灼热的手指和嘴唇在她的皮肤上强劲地蹂躏。他的身体覆盖和占有了她。南生想起小时候看外婆手工绣花的情景。她用两个相扣的竹圈把缎子绷起来。平展的缎子看过去脆弱和紧张，似乎轻轻一戳就会让它撕裂。女人手指间的针尖，穿着鲜红的丝线，在白缎子上面绣着一朵绽放的牡丹。丝线拉过去，又穿回来。缎子发出轻微的破裂声……那是她见过的最残酷的美景。犹如情欲，是让她爱得惧怕的东西。

她在黑暗中也是这样。尽力地伸展身体。不留出让冰冷空气穿梭的缝隙。她仰起头看着天花板。这是深刻的抚慰，眼泪顺着眼角落入嘴唇。这是南生感觉中真正意义上和一个男人的结合。是她爱的男人。她开始确定，她是在爱他。爱这个买了一碗牛肉面给她的男人，在她七岁刚刚失去父亲的下雪的冬天。

有些事情会记得这样清楚。小饭馆黯黄的灯光下是和平少年时的容颜。那些瞬间如同空气，在手指间的缝隙里无声穿梭，倏忽不见。就如同父亲在街头的消失。漫长的时间过去。这穿越无数磨难和痛苦的感情，是她所确信无疑的信仰。

黑暗中的空气充满芳香而甜腻的腥味。南生不记得他们做了几次。每一次都是昏昏沉沉地睡过去，然后醒过来又开始。整个夜晚无法停止，眼泪和汗水彼此交织。只是没有语言。语言是最脆弱的。语言无法跨越生死，时间，痛苦，以及绝望。她只能一遍遍重复地抚摩和确定那个男人英俊的线条，记忆他的皮肤和气味。她的生命已经留下他的印记。流淌在血管里，渗透在肌肤里。无处不在。

凌晨，他们终于停止。和平浑身黏湿的汗水。他低声地请求她，南生，抱紧我。

南生说，和平，我已经和一个男孩子做过。

和平很平静。他说，为什么。

因为我想你希望我这样做。南生漆黑明亮的眼睛直视着他。你不想爱我。这么长时间，你从未曾记得写一个字或打个电话回来。

一开始到广州有许多问题。生活很艰难。和平顿了一下，他不想透露更多。他说。我是担心自己不能够爱你。南生。

南生说，不能够?

不能够让你受苦。不能够让你为我步履艰难，沉沦在这里……他看着她，眼神痛楚。他说，对不起。南生。请不要再问。

南生抱住和平。和平，我们会有孩子吗。我们会一直在一起，到死吗。

傻孩子。和平把她的头埋到自己的胸前，眼睛里有泪光。

说说你在广州的生活。南生故作轻松。

换了很多工作……现在在一家餐厅。从厨房里做到经理。他黯然地微笑，曾经我以为自己会去北大读数学。那是我十六岁之前的理想。你呢，南生。

我想写作。

写作？

是的。写很多书。让他们知道我的痛苦。知道我们的痛苦。知道所有人的痛苦。

和平熟睡。南生起身，爬到楼梯上。漆黑的长发汗湿，海藻一样覆盖了她的脸，她赤裸的身体在寒冷中微微颤抖。把脸靠近雾气蒙蒙的天窗玻璃。玻璃上粘满白色的干燥雪花。南生用手指擦去雾水，看到暗蓝的天空飘落着茫茫大雪。

南方冬天的第一场大雪。

风雪弥漫无人的街道。雪花迅速堆积在街心花园的台阶上，巷子的石板路上，旧日小面馆门口的灯笼上，屋顶上，树枝上，结冰的河面上……大雪覆盖了尚未苏醒的城市。天空没有一只鸟飞过。南生的脸贴着玻璃，凝望窗外。大雪无声。

和平在N城停留了一个月。春天到来的时候，他准备离开。他要回广州去。只请了一个月的假，而餐厅的工作一直忙碌。他需要挣钱。挣钱是现实。南生马上要去杭州读大学。学费及生活费都是不小的开支。兰姨死后，和平就是家里唯一的支撑。和平准备把N城的房子卖掉。

卖掉吗，和平？南生心有不舍。在这里，她已经住了这么多年。这旧房子有太多回忆。

和平说，当然。你以后不应该再回到这里。你会到更好的大城市去。很多人习惯心满意足。懒散，平庸，得过且过就过了一生。但是你不可以。南生。

你呢。你会一直在广州？

我在广州很好。那里有我重新开始的生活，有我的事业……和平说，这里太多沉沦的痕迹。我不愿意在旧地逗留。

南生点头。她理解他。她没有能力留住他。这个男人是一只受伤的野兽。他要躲起来治疗自己。她想起那个夜晚蜷缩在她怀里哭泣的无助的男人。这样的夜晚只有一次。等他清醒过来，他依然是冷酷的一往无前的和平。

他们在车站里告别。到处是拥挤的肮脏的人群，扛着大包小包。喧嚣的浪潮一波波地扑上来。车站是这样盲目和决然的地方。和平穿着来时的旧牛仔裤，背了一个旅行包。他挤进人堆里买火车票。南生站在外面，一动不动地看着他。看着那个男人在人群里涌动着，他的身影一会儿浮现一会儿消失。南生直直地看着他。

下午一点的火车。和平出现在南生面前，手里捏着一张票。我们先去吃午饭。他说。他们朝火车站旁边的餐厅走去。南生看到那个熟悉的街角。她的视线停留在那里。依然有很多自行车和垃圾堆在那里。依然空荡荡的光线阴暗。这是她曾经等候一个男人回来的地方。只有卖包子的店铺变成了零食店。

一切历历在目。南生看着它。她听到天空有哗啦啦鸟群飞过的声音。汽车喇叭和人声交织成一片。一个系着桃红三角围巾的小女孩安静地站在大雨中。她的眼睛一片空白。

两碗牛肉面放了上来。南生与和平隔着油腻肮脏的木桌子各坐一边。和从前一样。和平拿起筷子就吃。吃了一半，抬起头，看到南生没有动。他用手指背敲她的额头，粗声地说，南生，把面条吃了。

南生拿起筷子。两个人面对面地沉默吃面。

又回到候车厅里。南生坐在椅子上，看着身边一个打呼噜的男人，另一边是哄孩子睡觉的农村妇女。南生舔了舔嘴唇，她想喝水。和平说，你拿着我的包，我去买水。

他转身去小卖部。南生抱着他的旅行包，一动不动地坐在椅子上。南生的眼睛转过去，她又看那个角落。依然阴暗无人。大厅上的钟显示过了三十分钟。南生站起来，走出去。她穿着粉色的旧裙子，黑发被汗水浸着贴在脸上，两手把旅行包抱在胸前。她走过售票厅，候车厅，一间一间地寻找。跑到大街上茫然四顾，又跑到出口处。

她用力地喘息。她觉得自己在崩溃中。她生命里爱的人都是会离开的。她知道。她的汗水顺着额头往下流。

喇叭里开始播出去广州的乘客开始检票的通知。然后她看到和平。和平从一大堆旅客中挤出来，怀里抱着两瓶水，朝候车厅走去。他已经是很大的男人了。和平。他们要在一起相依为命。她想要和他地老天荒。南生抬起手，狠狠地朝自己的手臂咬下去。她用力得浑身发抖，放下手臂，上面是一排深深的牙印，渗出鲜血。她把衣袖放下来，遮住伤口，若无其事地朝和平走过去。

和平看着她。拉过她的手臂把衣服往上撩。他的神情阴郁。买水的人比较多，所以我跑到比较远的一个小店。以后不许这样。南生。我会恨你。

我知道。南生看着自己赤裸的伤口，低声嗫嚅。她突然开始羞愧。她的感情，就是这样固执地纠缠，无处可逃。和平上了车，在车窗探出头来。回去，南生。南生孤单地站在月台上，看着他。

你得好好读书。我会寄钱过来。这是你最好的唯一的出路。知道吗。和平看着她，烦躁地抽烟。他说，我们不能生活在一起，南生。我们有各自的路要走。

南生一言不发。明亮的阳光到处照耀。和平的语言打在南生的胸口上依然冰冷。火车开动了。她跟着跑，看着和平伸出头对她挥手。她捏住拳头，拼命地跑，头发和衣服在风中疾飞。她觉得自己会死在这没有了希望般的追逐中。心脏激烈地跳动着，似乎要破裂般的痛。终于，火车长吼一声，消失在前面的拐角处。南生枯萎的青春如花的脸。

和平就这样再次离开。

南方爱情

学校门口的邮局是很小的一间临街房子。门口一只绿色的邮筒，已经被雨淋得斑驳破损。邮筒旁边的法国梧桐已经很老。粗壮的树干倾斜，树皮被淘气的孩子剥掉，露出潮湿的白色木头。南生每次往邮筒里塞进信封以后，就用手指在柔软的木头上轻轻划一道线。留不下痕迹。她只要自己记得那些时刻。思念和平的时刻。

南生的身体装满了回忆。在冬天寒冷的黄昏，或者心情抑郁的时候，南生都会去澡堂洗澡。站在水龙头下，让滚烫的热水冲击在赤裸的身体上。水花飞溅，水流覆盖身体的每一处曲线和轮廓。南生抚摸自己丝缎一样柔软光滑的肌肤。那已经不是少女轻盈空白的身体。花蕾般的乳房，纤细的腰肢，修长的腿。

南生记得和平的手指蹂躏在上面的激情。残暴的激情。他像野兽一样吸吮她，进入她的身体里面。她的脸贴着他的脖子，听到他的喉结滑动着，发出被潮水拍打的微微战栗的声音。黑暗中她的每一寸皮肤每一个毛孔，都在记忆这个男人的声音。他的容颜在时间的空虚中是可以用手触摸的。她要记得他。

大学里，南生是看过去太普通不过的女生。我行我素。神情冷漠而不群。她不是一个容易相处的人。

住进宿舍的第一天。她第一个进宿舍，选择了一个靠窗的下铺位置。可是等她把包放在选好的床位边，去洗手间洗脸回来，却发现床上坐着一个瘦的短发女生。女生把她放在床边的包放到了上铺。

南生说，这张床是我选的。我放了行李。

女生看着她。女生有一双肆无忌惮的眼睛。她不搭理南生。周围一片沉默。其他人依然在收拾着行李却不发出任何声音。她们在关注着事态的发展。

南生抓起女生放在桌子上的茶杯，扔到墙角。搪瓷杯子发出刺耳的摩擦声音，其他人吓得尖叫起来。南生说，你给我滚开。

林南生在这所大学里，作为新生的名气，是以恶劣开始。不喜欢南生的女生，一开始还伺机着想报复她。但很快发现想孤立南生的方法并不奏效。因为她根本不在乎。南生无所谓别人如何看她。多年的独立生活已经让她具备旁若无人的性格。

也无人敢轻易采取其他的粗暴动作，因为猜测不透这个女孩的背景。她的生活和其他女生不同。和平一直从广州汇不薄的钱给她。有时候还邮寄过来时尚的化妆品或其他物品。比如CD唱机，香水。这是南生身边那些吃饭要计算着饭菜票的女生所不能相比的。

就这样，南生渐渐形成自己身边的一个气场。这个场的力量如此剧烈，几乎容不得任何人接近。所以，从大一直到离开校园，始终都没有男生对她表示好感。

南生对恋爱，舞会，功课都无兴趣。尤其不喜欢自己的专业。她已经不愿意读书。拒绝循规蹈矩的生活。她的血液注定要走一条丛林动物般自由的道路。她的野性和灵性比任何人都多。

在学校里她只上自己喜欢的课。大多是一些辅修课程。对哲学，艺术，文学，心理学尤其感兴趣。主课的考试一塌糊涂。她有预感这样下去自己毕不了业。空闲的时候独自在大图书馆里看书。看樱花花瓣偶尔被春风吹在木桌上的姿势。直到一个人趴在大桌子上沉沉睡去。

参加了文学社，开始编辑校刊和创作散文及小说。文章遭受许多非议。南生开始阅读诗歌。她相信生命是有苦痛的。所以开始对虚无执著，对现实无谓。黄昏的时候穿着球鞋去操场跑步。一个人，听到自己噔噔的脚步声回响。风速中，心脏开始慢慢抽紧疼痛。跑完步，坐在台阶上，一边抽烟一边凝望着夜色，然后回宿舍。

她同时开始挣钱。抓住所有做家教，做销售的兼职机会。

她想赚钱。她比任何人都懂得钱能带来的自由。钱是实现目标最直接的方式。因为她的贫乏积累已久。从七岁就开始过寄人篱下的生活。一直到现在。和平的供养让她丧失了自由，不具备力量去爱他。

南生在晚上去湖滨的酒吧打工。肯吃苦，工作勤力。又有一口出色的外语，能够从老外那里得到若干小费。她做得很好。只是长久失眠。有时候凌晨才回到学校。一个人在宿舍里抽烟。像兽一样走来走去，打开窗子对着寒冷的空气吐出烟圈。宿舍里的同学抗议。学校发出警告。于是南生索性在学校附近租了房子，搬出去住。

在逃课的空闲时光里，她一个人关在家里写小说。买了台二手电脑。她把小说发到南京一家喜欢的文学刊物。很散漫地写一些黑色主题的小说。那些小说很快都被陆续刊发。编辑写信给她。展开白色信纸，上面是流畅而舒展的钢笔墨迹，对她的小说表示欣赏。信里写着，林南生你好。小说接连刊发以后，读者反应热烈。天分难能可贵，希望继续。信末的署名是罗辰。那应该是个男人。

南生很想把杂志寄给和平看。他应该会高兴。他不断地汇钱过来。那些钱足够供她读书，吃饭，买书，旅行……但是汇款单上没有片言只语。从不曾写信。也不打电话。他可以这样冷酷地对待她。让她如同面对着一幅冰冷的镜子，看到自己的感情深入骨髓，几近畸形的残废。

许榛生一直写信来。写了很多，南生一封不回。那些信堆在床边，渐渐积累。像深秋街头被扫在路边的落叶，注定颓败。榛生说，南生，你准备把我从你的生活里抹去吗……

那个夏天的夜晚已经在记忆中破裂，一条一条纹路地绽开。只是片断。南生想起榛生采摘下来交给她的蔷薇花。那清香的花朵。榛生曾经带给她的纯洁干净的生活和充满温暖的感情，已经在他们在阁楼里拥抱的时候，被她决意放弃。

回不去了。南生想。她和他都回不去了。榛生不够具备力量拯救她脱离生活，脱离这沉重的罪孽。她把榛生写来的所有的信，放在一个旧脸盆里，划了火柴。纸张在火焰里发出轻微的脆裂声音，迅速地化作黑色的灰烬，用手指轻轻一碰就散了。

南生把所有黑色的灰烬倒在了风中。

已经两年。南生的想法只有一个，要靠自己的工作凑够旅费，去广州看望和平。之前南生已经知道广州是一个open的大城市。一个混乱的充满活力的城市。那个城市有一种不会被改变的力量。南生想，和平在那里，如果不能改变这个城市，那么势必已经被这个城市改变。

大二放暑假的时候，南生带着积攒下来的一千块钱，坐上了长途火车。火车带着南生在陌生广阔的田野上日夜前行。南生躺在硬卧上夜不成眠。车厢里闷热而污浊，车轮在铁轨上发出重复机械的碰撞声音。黑暗中，南生眺望着外面田野模糊的灯光，心里平静如水。

心里是那一个冬天夜晚，阁楼外的苍茫飞雪。和平低声地说，抱紧我。南生。那一夜的大雪，就在灵魂中无休止地飘呀飘。

火车进入广州是中午。广州已经非常炎热。南生坐在公车上，看到旁边的楼全部好像是从烟囱管里钻出来的，一个肮脏的城市。她拖着自己的行李包走到大街上，闷热的空气里交织着呛人的灰尘，汽车尾气，摩托车的嚣叫和潮水般的人群。南生想和平怎么会如此喜欢停留在这里。

她感觉到身上浑身发酸的汗水和异味，很想马上就洗个澡。身体疲软得似乎可以在大街上躺倒下来。勉强地支撑住自己。背着包，按照地图上的指示，去北京路找和平。那是和平写在汇款单上的位置。

路上有托着鸟笼的老头，穿着唐衫很悠闲地走在街上。很旧的老楼，老得摇摇欲坠的样子。只有青翠的梧桐树，在阳光下努力伸展枝叶呼吸空气。两旁的小店铺越来越多，人群神情闲适地漫游在阳光下。

街边有一家餐厅。一块大招牌写着阿栗酒楼。两层楼的仿古建筑。就是这里了。南生走进去。她穿着那条粉色的旧裙，手上拎着行李，站在店堂里张望。刚好是吃饭时间，里面生意甚好，高朋满座。穿着中式衣服的服务员满堂穿梭。

请问你找谁。一个女人用带着广东腔的普通话，温和地问她。个子小巧，皮肤黝黑发亮的广东女人。穿着缎子旗袍，身材丰满。年龄应该有三十岁以上。一张艳丽而透出沧桑气味的脸。

和平。林和平。南生说。她看到女人的眼睛很黑。有力量的眼神，有一种控制全局的厚重。就是这双眼睛，突然之间刺痛了南生。她倒退了一步。

女人微笑着看她。她说，你是南生。和平说他有个妹妹，在读大学，很聪明。她转身进去叫和平。南生疲倦地站在墙角的一处阴影里面。她身上发软，几乎要马上躺倒下去，一直用手指狠狠地掐住自己的手臂。然后她看到了那个男人。他穿着黑色西装，打领带。理着平头的高大男人。脸上清冷而英俊。那是和平。

和平把南生带到珠江旁边的一家酒店。酒店很高级。南生站在空调开得很足的冰冷的大堂里，对和平说，为什么不带我去你住的地方。和平说，那里有人同住，不方便。南生说，那就另外找个小旅馆。和平说，没关系，我现在有钱。

他的眼睛不看她。脸色冷漠，几乎不和她说话。和平身上不再有少年时桀骜激烈的东西。现在的他看过去是大都市里面神情冷淡的男人。像一只疲倦的兽，隐藏着许多自愈的伤口。他们走进酒店的电梯。电梯上升的时候，局促空间里沉默，让两个人之间延伸出一段遥不可及的距离。

南生想，她坐了日日夜夜的长途火车，奔赴千里迢迢，只希望见他一面。可是这就是她面临的结局。南生压抑着失望，紧紧地闭住嘴唇。她不说话。

和平订的是标准间。布置很舒适。打开窗，外面就是宽阔的珠江。一条陌生城市的河流。他在地毯上坐下来，打开电视，调了音乐频道。他说，你先去洗个澡。然后我带你出去吃饭。

电视的声音开得很响。房间里突然流满了电子舞曲的嚣叫。似乎在遮掩某种无力的空洞。南生依然沉默无言。她走进浴室，脱掉衣服，站在花洒下面。凉水顺着头发和皮肤往下流。她把自己泡在水中，想了一会儿，然后湿漉漉地套上脏的裙子，重新走了出去。她抓起包，打开门。和平堵住她，他说，你干什么。

我要走了。我回杭州。南生粗鲁地推开男人，挥动着手里的包，要往走廊上跑。和平制止她，两个人纠缠在一起，互相撕扯着衣服。和平把她拖到了房间里，关上门。南生还在挣扎。她的痛苦烧灼着自己。当她发现自己已经走不出房间的时候，她狠狠地咬住了自己的手臂。用力地。全身颤抖。血从她的嘴唇边渗出来。

和平一个耳光打过去。他看着自己的指印在她苍白的脸上浮现。红肿的伤痕。他突然抱住她，粗暴地亲吻她。他说，为什么，南生。他扯掉她身上潮湿肮脏的衣服。

房间靠窗的那张小小的单人床。雪白的枕头和被单散发出清洗剂的淡淡味道。窗外是陌生的语言，喧嚣的夏天，浑浊的河流和一个遥远的城市。可是这一刻对南生来说，已经不重要。

这一刻和平灼热强劲的身体又在她的身体里面。他们融合在一起。他皮肤的味道。他呼吸的声音。他的亲吻和抚摸。她用手指抓住他短短的头发。她拥抱的是她童年，少年，隐藏在灵魂里的味道和回忆。这是她唯一的财富，紧抓在手里，不肯放。因为一放就成了虚空，整个世界白茫茫一片。她将会在哪里都是一样。

她并不是一个贪欲的女人，可是为什么，为什么会如此沉溺于和这个男人做爱。她的幸福就如同潮水一波波地淹没着她。这张酒店里的单人床，现在是她灵魂深处寂静幽深的岛屿，让她彻底地停留下来。有一刻她很犹豫。在和平即将到达高潮的时候，她想对他说，让他离开她的身体。可是一种强烈的激情控制了她。她要拥有这个男人。她要拥有他肉体的全部。

她不让和平离开她的身体。和平低声地说了一声，会不会危险。但情欲到达的极限已经让他无法控制，他在攀越上高峰的时候，一边呻吟一边颤抖着身体把脸靠在她的脖子上。

整整一个下午，他们在这个黑暗的闷热的小房间里不停地做爱。做完了迷迷糊糊地互相拥抱着躺在那里。醒过来以后又继续开始。就像他们以前在一起。身上的汗水一层层地干掉又渗出。南生看着和平在她的身边睡熟。他脸部英俊的轮廓。南生告诉自己，这是她爱的男人。他们要一直在一起，直到死去。她下床，拉开窗帘的一角，看到外面已经天黑。

她拿出一根烟，赤裸地坐在窗台上，一边抽烟一边看着远处繁华的夜市灯火。南生突然又不清楚自己来到广州的目的了。一切好像不应该是这样的。她在杭州过着孤独的生活，没有朋友，没有爱情。她有话要对和平诉说。她希望他能抚摸着她的头发，听她说话。但是和平已经变成一个不爱说话的男人。

中途和平的手机响。南生走过去把它按掉。过了十分钟，它又响起来。南生又把它按掉。她闻到和平的衣服散发出一股复杂的夹杂着香水和油烟的汗味。她把它贴到脸上，用力地呼吸。那是她陌生的气味。

晚上八点钟的时候，和平醒过来。他洗澡，穿好衣服，然后对南生说，我们去吃饭。他们来到对街一家百年老店，里面有干净的红木桌子。南生点了双皮奶，杏仁糊，还有甜点。小碟小碗慢慢地摆满了一桌子。和平说，你还是和以前一样，南生。喜欢堆很多东西在面前。南生微笑。她是一个始终缺乏安全感的人，要把这么多的东西抓在手里。而她真正需要的，只不过是温饱。

她说，广州的食物真的很好，清淡爽口，菜式也干净，不是想象中的口味浓重，注重营养滋补，煲的汤花样百出……

这些东西我那家餐厅都有做。和平说。

餐馆老板是那个女人吗。

是。阿栗的男人在香港。有家庭的商人。包了她，对她很大方。她还有服装店。

你一直在替她做事?

不。一开始我在夜总会。后来出了事情，自己也厌倦那种生活。她收留了我。那时候我身无分文，又有人一直追杀，处境非常窘迫。她救了我。

南生不说话。和平继续说，我渐渐喜欢上这个城市。他们一早起来看报纸，喝茶，选些小点心，一坐就两三个小时，好像未曾感觉紧张或疲倦。闷热潮湿的南方天空，交织着尘烟和喧嚣的大街，混乱，却自有它隐藏的秩序，生机勃勃像一块茂盛的麦地，可以一头栽进去，不再呼吸。可以忘记从前的事情。

南生说，你已经忘记了吗?

不。有些忘不掉……他低下头。他说，有一段时间，我一直做梦，梦见她叫我。那时候我应该很小，在街上与她失散，她发了疯般地跑到马路当中去叫我的名字。她的声音是歇斯底里的，让我害怕。就像那个夜晚在医院。

南生伸出手去握他的手。和平神情黯然。他说，现在的生活很好，很平淡。

我过来你不高兴。南生直视着他。

我想让你过得好。南生。你不要来看我。我已经累了。我的生活不需要阴影。你不要进来。

所以你不写信给我，不打电话给我，不来看我。南生微笑。可是你又和我做爱。

我不想让你难过。南生。你从小就是一个需要感情的女孩。我了解你。

可是你却不愿意把感情给我。南生微笑地说。她侧过脸去不让他看到她的眼泪。顺着她的脸颊冰凉地往下流淌的眼泪。

吃饭的时候，和平的手机又响起来。阿栗叫他回去，有事情要他处理。他说，南生，你回酒店去。我等会儿办完事情再来看你。他们一起走出店门。外面有地摊集市。南生走进去看。和平跟在她的后面，看着她像个天真的孩子，在里面探头探脑地看。南生拿下一件玫瑰红的开襟长袖棉衫。她把它贴在身上比试。

和平嘴唇里叼着烟，眼睛打量着她。他说，你穿玫瑰红好看。他付钱把它买了下来。南生微笑。和平的霸道，桀骜，野性和落拓。他还是这样与众不同的男人。她爱的男人。

和平匆匆而去。南生一个人在路上。夜风清凉，城市的尘烟渐渐平息。街心花园有很多人在散步，双双对对。南生想，这个世界每天都有人在相爱或者告别，出生或者死亡。很多痛苦是不值得咀嚼的。她只要自己记得那些幸福的片段。

她来见过和平了。他们一整个下午的缠绵。没有语言。只是痛彻心扉的缠绵。南生想，继续留在这里还会有什么。她没有力量让他跟她回去。她一直在靠他供养着。她何尝不是他背负的罪孽，无法脱卸。她该回去了。

凌晨一点的时候，有一班火车去杭州。南生买了票，等在候车厅。候车大厅空荡荡的，有人铺了报纸在水泥地上睡觉。南生蜷缩在座位上，一只手抓着自己的行李袋。显示屏上闪烁着发站的通告。

她想她并非一无所有。即使回到没有和平的城市，她还是可以依靠内心的那个希望坚强地活下去。和平办完事情，应该会去酒店找她。他在寻找她。而她，再过一个小时，就要离开这个城市。她轻轻地在寂静的空气里交握住自己的手指。她的手指冰冷而苍白。她对自己说，和平，我不放手。

检票的通知从喇叭里传出来。该走了。南生夹在队伍里，安静地跟着蠕动的队伍前行。当走过检票口的时候，她听到了和平的叫声。他从候车大厅的门口跑进来，眼光急切地搜寻着她。神情焦灼。满头大汗。

南生挤到栅栏边，对和平伸出手。她说，和平，我在这里。

和平走过来，抓住她的手。他说，你怎么可以马上就走。

没关系，我在火车上可以睡觉。南生看着他。她的心里有那么多的柔情和温暖，想交给这个男人。可是她要走了。她抱住他的脸，用力地亲吻他。她说，和平，你要等着我。你一定要给我时间。和平神情复杂地看着她，眼神疼痛而不忍。他说，南生，你到底要我怎么样。

南生说，我只要你不从我身边离开。

和平说，我们无法在一起。南生。你要清楚。

南生把手抽回去，对他摆摆，然后拖着她的行李箱走了进去。

南生回到学校，睡了好几天。她很疲倦。与和平相会的短短半天记忆，已经足够她在寂寞中反复地咀嚼。可以对抗住时间的空虚和漫长。在广州的酒店房间里，和平的汗水流到她的身体上，一层层地干。黏稠的，似乎能填满肌肤每一寸干渴的缝隙。她都不知道自己的身体里面，可以潜藏着这样激烈的欲望。可是，和平依然在她无法触及的距离里。他们似乎越走越远。

她重新开始写作。心里的激情和痛苦像血液一样涌动着。南生感觉到自己随时可以窒息。杂志社陆续转来读者来信。人性深处的情感总是大同。南生的小说很多人爱读。

秋天到来的时候，又接到罗辰的信。他给她发来邀请函。杂志举行年度笔会，去湘西。他邀请她参加。让她去南京和他们会合。南生把那封信在枕头边放了几天。白色的干净的信封，上面是一个男人清秀遒劲的字迹。清醒向上的生活就在里面，是可以拯救她脱离情欲黑暗和无望的桥梁。南生想，她是该出去见见不同的人和生活。

第一次去南京。

深夜下火车的时候，来接站的就是罗辰。出口处，他举着一个大木牌站在夜色里。木牌上写着她的名字：林南生。南生的出现让他出乎意料。他说，我一直以为你是一个四十岁左右的男人。怎么会这样。他用手搔自己后脑上的头发，脸上有着困惑不解的憨厚表情。

南生微笑。那一天，她穿着旧牛仔裤，黑色T恤，旧球鞋。肩上背着登山包。瘦削的南生表情淡漠，眼神流转。浑身散发出野生植物般迷离的辛辣气息。

她是笔会里最年轻的成员。其他差不多都是作协的老作家。那些名字常常出现在各种大型文学刊物上。一组人浩浩荡荡地出发去湘西。南生没有觉得忐忑不安，即使身边是一大堆文坛名人。她一直独自背着包走在最前面，脸上有置身事外的表情。罗辰照顾她，常常特意走过来陪着她，和她说话。南生的话不多。习惯性地一边倾听一边神情游离。只是不停抽烟。

一路经过张家界，然后到凤凰县城。罗辰和南生渐渐习惯结伴而行。两个人年轻，走着走着就走到了前头。又掉头去找大队伍。他说，你对野外旅行很有经验。

我小时候是在农村长大的。那时候我们爬的是村子后面的野山。我常常一个人爬到最高的大溪岭上。躺在悬崖边的大岩石上，晒太阳，听风吹过树林的声音和鸟鸣。感觉幽深的山谷就像地狱一样。那个村子叫枫桥。

为什么说像地狱。

因为那种美丽似乎万劫不复。

他看着她。她站在古城青色的石板道边，一边抽烟一边神情淡漠地凝望着沱江上的竹桥。她和他曾经认识过的女子全然不同。他见过太多写作的或不写作的女人。她们的灵魂或者空洞无物或者障碍重重。而南生是一片空阔无人的原野，充满呼啸的风声，一往无前。当他接到她的第一篇小说的时候，他就印象深刻。那些文字似乎不曾存在于世间，而从一个黑暗的洞穴神秘地喷涌出来。

她走进旁边的小店铺，看着那些手工制作的绣花鞋。她拿了一双绣着牡丹鸳鸯的红绣鞋，脱下球鞋试了试。她看着自己的脚，脸上露出微笑，然后把鞋子放回去。

他说，为什么不买下来。不喜欢吗。

她说，很喜欢。但好像不适合我。我比较习惯穿耐脏的球鞋。

你一直都那么理智吗。

她摇头。又笑。身边这个真诚淳朴的男人，穿着一件白色的布衬衣。他曾经让南生有一瞬间的停顿，以为自己碰到少年时的榛生。现在，那个北方男孩应该已经成为大男人，在谈恋爱或做其他的事情。但是她记得他留下的某个夏天的气味，洁净的气味。她曾把那个男人的感情当做工具完成了自己的成熟。

她问他，有烟吗。他说，我不抽烟。她走到一家杂货店里，买了一包当地的烟。她给自己点上。然后把烟递给他，试一下吗。

不不。罗辰推辞。吸烟有损健康。

你一直都那么理智吗。她机智地把他的问题还给了他自己。我一直相信，对生命来说，没有什么东西是绝对禁忌的。上帝偏爱任性的人。

那是因为你不害怕失去。南生。你比任何人都勇敢。

是吗。南生黯然微笑。她不再说话。

七天笔会转眼结束。他们又回到了南京，然后大家各奔东西。南生搭夜间火车回杭州。罗辰说，下次你过来，我陪你到处去玩玩。中山陵一带有高大的梧桐，也许你会喜欢那里的雨天。

南生微笑。她说，谢谢你。这七天我非常愉快。

我也是。罗辰说，希望你继续写作，不要轻易放弃。答应我。他把一只布袋子交给她。她打开来，是那双手工刺绣的红绣鞋。他说，喜欢的就要拥有它。不要害怕结果。

南生点头。背着大大的包独自上了火车。她从窗口探出头来对他挥挥手。漆黑长发从肩头倾泻下来，一双明亮的眼睛似乎看穿尘事。火车离开站台以后，月台上空气清凉，暗淡的星光照着罗辰的脸。他慢慢走出车站，问自己心里为何怅然若失，似乎有什么东西没有带回来。他费力地思考。直到上了出租车。出租车带着他穿行过熟悉的城市。他突然之间明白过来，他心里晃动着的，是凤凰那片蓝得没有杂质的天空，还有天空之下那个神情寥落的女子。

回到杭州以后，南生觉得自己应该是怀孕了。

例假一直没有来。迟了近两个月。乳房开始胀痛起来，身体有一种微妙的沉重感。呕吐感折磨得她无法进食，整个人都憔悴下去。这是奇怪的事情。她与和平之间的缘分，不断循回。对宿命无能为力。但是她居然希望自己能够把这个孩子生下来。

她已经成年。她不再是以前那个孤立无援的女孩。她可以挣钱养活自己。养活孩子。她想好好地爱这个孩子。把她没有得到过的所有的一切，全部给予他。

如果。如果和平能因此回到她的身边。

她给和平打电话。她知道和平不喜欢和她联系。他在另一个城市里想隐姓埋名地生活，遗忘他所有不愿意想起来的罪孽。而她是他拖在身后的一片阴影。一个爬上岸的人，总是要先脱下身上的湿衣服。有谁愿意一直被冰冷的河水浸泡。南生想，她心里是很明白的。只是她没有选择。一个穷人对她手里仅有的财富能有什么选择。打通电话的那晚，已经十一点多。

南生说，和平。

和平语气不高兴。他说，你不要打电话过来。我现在和阿栗在医院。她的孩子病了。

和平，我想退学，工作，养一个属于我和你的孩子。

你有孩子了？和平紧张地问。

没有……

胡说。和平大声地吼叫起来。南生。我不许你自以为是。

我想和你在一起。

我们不可能在一起。今天我把话对你说清楚。我们是两个世界的人，有各自不同的生活。你不要抱任何希望。没有希望。

为什么。和平。

我要赎罪。对我的母亲，对你，对阿栗……阿栗为了我已经和那个香港男人分手了。

……

他留给她一家餐厅和一个孩子。收回了全部。你知道这对她意味着什么。她为我付出太多。

你爱阿栗胜过爱我吗，和平。南生低声地说。一切还是发生。她早有预感。

她适合我。她试图治疗我，把我照顾得很好。她也需要我。而南生，你要读大学，做更多的事情。社会底层的人太多。我不能让你再为我去偷东西。

和平。南生难受地阻止他。

一切只能如此。不要再打电话给我，不要再来看我，不要再等待我。和平顿了一下，他的声音带着压抑。把我们以前所有的一切都忘了。南生。我不会回来。

把我们以前所有的一切都忘了。南生。我不会回来。

南生在家里把自己关了三天。用被子裹住自己，睡得昏天暗地。每次碰到惨重的打击，她只能把自己缩进壳里，在封闭和压抑中强迫自己愈合。从清晨到深夜，从深夜到清晨。她面对的只是一片黑暗。实在饿得支撑不下去，起身泡一碗速食面。然后又陷入昏沉的睡眠。

又回到了小镇枫桥。白晃晃的环山公路。两边的高山绿意森森。山谷里白墙黑瓦的石头房子，炊烟袅袅。小教堂里潮湿的青苔，偶尔有蓝翅膀的蝴蝶飞过栖息。外婆的手。温暖干燥的手指轻轻抚摩她的皮肤，给她扎头发。还有空荡荡的堂屋里属于母亲的亡床……南生昏睡着。整个世界都把她抛弃了。该往何处去。

南生决定自己来解决这个问题。

不能去市中心的医院。有太多的机会碰到熟悉的人。同学或者老师，那是无法想象的。林南生。一个从不和任何男生多费口舌的清冷的女孩子，居然隐藏着如此深重的无法告知的罪孽。

星期五的时候，南生告假。如果需要动手术，最起码她可以有两天能够名正言顺地休息。她的心思缜密，把所有的细节都考虑清楚。因为没有任何人可以陪她一起面对这些现实。她必须独自承担。

是在城市最偏僻的区里的一个小卫生所。藏在蜿蜒迂回的小巷子里面。一幢二层结构的旧房子。医生和病人都很少。南生挂了号。走上木楼梯的时候，听到陈旧的木头发出吱咯吱咯的声音。妇科的门前挂着一块旧的格子布帘。南生不知道，一拉开，她就彻底告别了自己生命里盛放着信仰和完美的家园。

那天她特意化了浓妆。画黑眉毛。眼睛边一圈绿色的眼影，涂了厚重的鲜红唇膏。她恶意地丑化自己，想让自己看上去更像一个成熟的俗艳女子。这样，心里的罪恶感能有所减轻。可是她对自己的嫌恶和放弃，也就在对着镜子面无表情的那一刻开始。南生失去了对自己的珍惜。

房间里没有人。一地空落落的阳光。里面还有小房间，用破烂的布帘分隔。突然传出一声凄惨的号叫，那声尖叫如此突兀和激烈，让她身上的每一寸皮肤紧缩。心脏上的血管扭紧了，一根根地打结。号叫之后是低低的呻吟。一个男人从外面伸进头来张望。肥胖的男人，戴着硕大的黄金戒指，嘴唇里夹着一根香烟。他消失在布帘后面。

南生摸到自己手心里的冷汗。黏湿的汗水。一个穿着白色制服的中年妇女从里面满脸不耐烦地走了出来。一张瘦长的脸。因为对生活的不满而积累了怨气的脸。她脱下手上沾满鲜血的消毒手套，扔进垃圾桶里。她对南生说，你看什么。

我好像怀孕了。

先化验小便去。她没有看南生一眼，随手扔给她一张化验单。南生拿了单子去交钱，然后在厕所门口的纸板箱里拿了一只白色的小塑料杯。化验科的护士把试剂浸入液体。纸片上开始发生变化。南生靠在墙壁上。她的心很重，重得发酸。她看着那只杯子。

化验单上写的是阳性。

有些事情是难以忘记的。

要生下来吗。

南生说，不。

准备什么时候动手术。

现在吧。

南生记得自己冷静地说出这些话来。可是她的心是一个旷野，没有声音，只被巨大的恐惧控制着。一种走到了尽头的麻木。走廊上爆发出争吵声。一个女人尖厉的哭声，像被摔了一地的玻璃碎片。男人恼羞成怒，开始揪住女人抽她耳光。

空气里充满血腥和药水冰凉的气味。南生一件一件地脱下衣服。她下身赤裸地站在一个陌生人的视线之下。赤裸裸的身体仿佛是一个巨大的伤口。不再会愈合。也无法躲藏。

到台子上去。分开大腿。尽可能地分开。女人命令着。金属机械发出碰撞。冰冷的声音。南生躺下去。她觉得很冷。侧过脸去，看到窗外一棵梧桐树。树枝上刚刚绽出生长中的碧绿的小叶子。那些叶子在明亮的阳光下，有一层白色的细微绒毛，充满了纯真的生命力。

冰冷的器械毫不留情地生硬地进入了身体，在进行扩张。南生本能地收缩腹部，把身体往上面缩。不要乱动。乱动会出事故的。把子宫戳穿了，你就一辈子生不出孩子。医生的手势更加粗暴。也许太多的手术让她对生活充满了厌倦。生命每天都在被毁灭着，她被逐渐地消磨着天性里对生命的热爱和尊重。器械深入着，撕裂她的身体。尖锐而强烈的疼痛终于开始震荡。

电磁的声音在吱吱地响。瓶子里开始有鲜红的黏稠的血液回流。那是来自南生身体深处的血。来自一个无法面世的生命。同时痛苦如此深重地进入身体，进行捣动，破碎和吸取。一波一波地震荡，似乎要把南生碾成粉末。南生的手用力地握住了冰冷的扶手架子。

她听到自己发出从骨髓深处挣扎出来的呻吟。她尖叫起来。

医生大声地训骂着，不要动！不要动！动了会出事故的！她凶狠地辱骂着南生，并不停止。疼痛让南生眼前发黑，几乎晕厥。整个人躺在台子上，无法动弹。南生吸气。她感觉到头发被冰冷的汗水黏在了脸上。她不恨她。不。她感到从未有过的羞耻。那一刻她只觉得自己是肮脏的，死亡的，被唾弃的。

南生把脸用力地转过去，紧贴着台子上那块散发着药水味道的白色床单。窗外的阳光明亮得使她睁不开眼睛。梧桐树的叶子实在太绿了。太美丽了。她满眼都是灼热的眼泪。

终于结束了。南生走出医院，被刺眼的阳光照得眩晕。她觉得随时可以在马路躺倒下去。她扶着墙壁慢慢地走出小巷。经过路边的公用电话亭，想打电话给和平。

在拥挤的大街边，南生犹豫地停留。电话亭里不断有路人进出。南生把脸贴在电话亭的玻璃上。她看着电话。半个小时以后，她离开。她的痛苦被和平堵住了通道。他已经放弃了她。

那天早上，南生被门口邮差的敲门声音惊醒。她在家休息了几天。身体的创伤在恢复。身体有时候如此脆弱，有时候却强悍得任何伤痛都可抵御。她有几封挂号信。其中包括学校正式的开除通知。和平的大面额汇款单。还有来自南京的罗辰的信。

他写了一封长信给她。信里附着洗出来的照片。她抱着一条小狗坐在农家门口的小竹椅上，手指里夹着烟，笑容里有沧桑的天真和甜美的悲凉。

罗辰在信中写，南生，凤凰古城的青色石板道在下雨的时候应该会更美。但我很欣慰，那一刻我们在一起，我能够在暗处静静观望你。你的言行，是你文字里最最寻常的样子。我想，我很习惯你的冷漠和某种因为透彻而残酷的准则。但是我猜想伤人不是你的习性，也许你只是为了保护自己。但是——请告诉我，为什么呢。是因为幼时的记忆还是经受过的巨大创伤。

我一直感觉无能为力的悲哀。南生，有时候想，如果你是我爱的女子，我会怎么样待你。我是否能够把你变成一个温暖甘甜的女子。能让你幸福。

流离

南生决定了未来的方向。她要去南京。

她收拾了行李，一个大旅行箱里放的是喜欢的书和换洗衣服。和房东结完账。然后去邮局退了和平的汇款。她对他留言，和平，不要再汇款给我。我走了。

在学校附近的小邮局里面，趴在桌子上写着那行字。圆珠笔突然干涸，写不出字来。笔尖在薄纸上划出错落的痕迹，然后破裂。南生固执地重复。心里荒凉。所有的语言都在空气里消失。只有那最后的三个字，像伤口一样出现在纸面上。我走了。

火车整夜地在铁轨上奔波。南生一直睡得不踏实，时不时地醒过来。听到铁轨和火车轮盘发出的咣当咣当的有规律的撞击声。那是熟悉的声音。曾经她满怀着激情和希望，奔赴千里去广州看望和平。那时候在彼端的城市，是一个她爱着的男人。而此刻的彼端，只是一个爱着她的男人。她的心里感觉没有尽头的寂寞。

她从旅行箱里拿出一件玫瑰红的开襟长袖棉衫，盖在身上。熟悉的气味，那是广州的气味。是和平和她一起买的衣服。他说，你穿玫瑰红好看。他嘴唇里叼着烟，打量着她。霸道，桀骜，野性而落拓。就是这样的男人。她爱的男人。可是这个男人不会再回来了。

南生在凌晨一点多的时候，在闷热逼仄的火车车厢里，在黑暗中，把衣服堵在嘴巴上，独自无声地哭泣。

罗辰在清晨八点左右，接到了南生。她打电话给他，告诉他她的决定的时候，他高兴得说话都结巴起来。是的。这是一个真挚淳朴的男人。这是一个爱她的男人。她要追随着温暖的方向去，像一只鸟。因为她累了。快死了。

她从火车门边慢慢地走下来，穿着小圆领的白棉布衬衣和暗绿的直身裙。长长的直发柔顺地披在肩上。她的脸色洁净，带着些许憔悴。她比他上次见到更加苍白和淡定。一双寂静的眼睛，是深夜的大海，看不清楚翻涌的是月光还是海底深处的潮水。

她拖着自己的大行李箱，对他微笑。罗辰走上去，接过她的箱子，紧紧地拥抱了她。他说，南生，欢迎你来到南京。

罗辰在汉中门附近有一套一居室简单装修的房子。是杂志社分给他的宿舍。他把南生带到了家。南生在火车上没有睡好。洗了一个澡倒头就睡下了。她睡了很久，从上午一直睡到晚上九点左右才醒过来。那一觉安稳而悠长，使她醒过来的时候感觉恍然若梦。

房间很干净，有大的立地书橱，放满了书籍和杂志。明亮的灯光。被子有干净而陌生的男人气味。窗外是深蓝色的天空和高层公寓的灯火。这里不是枫桥，不是N城，不是杭州，不是广州。这是南京。她辗转起伏到达的另一个地点。

罗辰在厨房里。南生下床，走到那里，看到罗辰在炖汤。他说，南生，我买了鸡和人参。你的身体看起来太虚弱。多吃点东西。

房间里弥漫着食物热腾腾的气味。罗辰一边守着汤一边在看稿子。南生坐下来吃。吃完以后，罗辰进厨房洗碗。他没有问题问她。她点了一根烟，抽完。然后把烟头摁灭，走过去，从后面抱住罗辰。

南生的脸贴在罗辰的背上。她说，我们结婚好吗。罗辰有微微的错愕，但马上镇静下来。他说，南生，你知道我爱你。我恨不得马上就娶你。但是我必须给你一段时间，让你有考虑的余地。这段时间，我把你的工作和生活安顿好。如果到时候你依然想，我们就结婚。

那一个晚上，他们睡在一起。罗辰把南生拥抱在怀里。他们没有做爱。南生没有欲望，也并不想伪装。罗辰闭起眼睛，似乎已经睡着。南生慢慢地拉开他的手臂，放在自己的脖子下面。她在窗外流泻进来的光线下凝望这个陌生男人的容颜。他的额头，他的眉毛，他的鼻子，他的嘴唇，他的下巴……他所有的部位线条，都需要她重新去认知和记忆。

这不是那个站在飞雪飘落的街头的少年。不是她在广州炎热的小房间里裹着汗水和泪水去拥抱的男人。她伸出手轻轻地搭在他的肩上，把脸贴过去。罗辰的身上有洁净干涩的气味，他的气味和体温就这样一点一点地蔓延到南生的皮肤上，像河水一样把南生包围。

南生忍受着心里某种对陌生的不适和排斥，对自己说，南生，你要好好的。你要重新开始。

南生在南京居留下来。罗辰开始帮她找工作。他想替南生联系一个杂志社或报社的编辑位置。这对他来说，是能力范围之内的事情。他对南生说，你写作是有天分的，进入杂志社对以后正式进入文坛这个圈子有很大的益处。他细心替南生策划未来的计划。并提议南生休整一段时间。

他一有空就带她到处去玩，熟悉这个城市。曾经纸醉金迷的秦淮河，流淌过烟花般的糜烂和华丽，已成过眼云烟。如今褪却夜色中的酒香和箫声，只剩下沉寂。旧城区灰蒙蒙的低矮楼房，大路旁边高而粗壮的梧桐。下雨的时候，绿色的大片树叶发出陈旧的声音。

罗辰果然带她去看雨中的中山陵。他在路上轻轻俯首，亲吻南生潮湿的头发。他极其珍惜她。

有时候南生一个人出去。在罗辰去上班或加班的时候。她独自乘车去看城墙。暗淡的城墙，覆盖潮湿浓密的青苔和爬藤，她在微雨弥漫中，轻轻地走过青石板路。然后坐在墙头看下面喧嚣的马路和玄武湖，把衣服扯起来蒙住头点燃一支烟。那一年，她二十二岁。

她还喜欢去海底世界看鱼。幽暗寂静的参观区，没有什么声音。只有在贴近玻璃的时候，听到清水里面氧气的滚动。这些来自深海的生命有着与世隔绝的自在。南生把脸贴在玻璃上屏住呼吸看着它们。她不知道它们是否快乐或难过。它们看过去只是有着孤独的姿势却从不倾诉。

脚下的通道缓缓地往前滑动，头顶和两旁是巨大的水箱。一大群一大群的鱼隔着玻璃很近地游过。当它们晃着尾巴游过来的时候，南生把手心贴在上面，对着它们微笑。

生活就这样平静地继续。

罗辰每天变着花样做饭给她吃。罗辰给她买好看的影碟。罗辰晚上在书桌上写作，然后时不时地就回过头来叫她一声，南生。南生趴在地毯上看VCD，一边抽烟，吃花生。他一叫她，她就应一声，然后过去，轻轻把脸埋在他的脖子里。

他们是亲切的，安静的，平淡的。好像认识多年，只是失散以后又再相遇的亲人。没有太多的话说。很多时候，是两个人头对头沉默地吃饭。然后一起下楼去散步，间或谈论一些文学，诗歌上面的话题。

南京的冬天要到了。罗辰说，冬天南京会下大雪，白雪茫茫遮盖了城墙，山头，陵墓……这个城市的气息那时候才能感受。他们一路走，一路走，走过落叶的梧桐树下，南生开始俏皮，她说，罗辰，抱我起来。罗辰有些腼腆，说，等会儿再抱，这里都是人。南生说，那就算了。她继续把手插进罗辰的口袋里往前走。

可是突然地，就这样想了和平。和平肆无忌惮的笑容。曾经他常常强横地一下把她拖过来，抱住她的身体旋转。她尖叫着。快乐地尖叫。她的快乐是刻骨铭心的。所以会痛苦。罗辰无法带来这些东西。

转眼农历新年要到了。罗辰已经把南生的工作确定下来，去他有熟人关系的一家有名文学刊物做编辑。这样南生可以接触到很多有名的作家，评论家，传播媒体。只要她努力，在这个便利的工作位置上，可以做很多事情。我会帮助你，南生。罗辰看着她。他说，我们两个在一起天衣无缝。

南生答应去罗辰的家里，和他的父母一起吃饭。过完年以后她就要去上班。

罗辰带了单位刚发的年终奖金，带她去百货公司买衣服。他们一层一层地逛。拉着手。身边是拥挤的喜气洋洋的人群。罗辰偶尔探过头，轻轻在她的额头上轻吻。南生百感交集。没有一个男人像罗辰这样珍惜她。她很柔顺。罗辰挑的是他认为南生穿上去会好看的衣服。墨绿的羊绒大衣，白色高领羊毛衫。还买了一枚小小的白金戒指。他把它套在南生的食指上。他说，南生，以后我会换个钻戒给你。不会太久。

南生微笑不语。她用手指抚摩着那枚戒指，看着罗辰的神情。她想，就这样吧。就这样吧。只能这样了。她把这些她不喜欢的东西抱在怀里。

南京终于是下起雪来了。那一晚上南生和罗辰做爱。南生感觉到罗辰在黑暗中包围着她的气息。他的手柔软而温存。他的身体与和平不一样。

和平是灼热，残暴而强大的。和平的气味和皮肤是她记忆中重复无数次以后留下的创伤。而罗辰的身体，只是懦弱而温情地紧贴着她。没有力量。也没有激情。她不习惯他的抚摩方式，不习惯他瘦长的身体，滑腻的皮肤，甚至不习惯他口腔里的味道。当两个人没有任何遮挡，如此深入地接触，她才发现，她依然还没有习惯这个男人。

但是南生努力想让罗辰感觉快慰。她柔顺地抚摸他的身体，吸吮他，让他感受肌肤相亲的愉悦。虽然她心里没有丝毫感觉。甚至在某一刻，她抬起眼睛，看到他的喘气和被欲望控制的脸，心里竟然闪过反感和厌恶。

她记得黑暗中和平在她身上的脸。和平的英俊和兽性。和平灼然有神的眼睛……南生看着自己洁白的身体，这具遭受过劫难和伤痛的身体。她不相信它已经被和平打上烙印。她再次感觉到耻辱。她只能把自己的眼睛闭上，不去看伏在自己身上的那张脸。那张另一个男人的脸。她的眼泪顺着眼角掉下来。

罗辰持续得不久。他很快就软弱和退缩下来，满身都是黏湿的汗水。他有些沮丧，轻声地问南生，你是不是生气，南生？南生轻轻说，没关系，以后会越来越好。南生并不失望。这一个夜晚，南生感觉到的是无可替代的绝望。

终于去见罗辰的父母。罗辰有一个哥哥和在读大学的妹妹。一家人很热闹。罗辰的爸爸妈妈都在大学里教书。性格温和，有职业高贵的气质。那天是除夕。又到除夕。这是家人团聚的日子，可南生从来没有正式享受过这个节日。有很多个除夕带给她的，始终都是深重的痛苦。除了这一个夜晚。

冬天的南京下大雪。雪花飞扬着笼罩了整个空旷的城市。一家这么多人，围着热腾腾的饭桌，聊天，说笑，吃火锅。这是南生感觉新奇的一个夜晚。他们对她一点点偏见也无。不询问她为什么大学退学，为什么从杭州到南京，为什么和罗辰草率同居……他们小心地避开所有敏感的话题，只是不断为她夹菜，对她微笑。南生为这份热情感觉手足无措。她不习惯别人对她太好。怕它碎裂，因而心中更惊惶。她尽力掩饰自己的诚惶诚恐。是的。对她好的人不多。她的往事里属于温暖的东西太少。

他们讨论了婚事。再过一两年吧。春节的时候。罗辰微笑，看着南生，一边在饭桌下伸出手把南生的手指包裹在自己的手心里。他的手大而暖和。我们可以请假出去旅行，去欧洲滑雪。南生顿然感受到注视过来的热切的视线。她笑着点了点头。罗辰的脸上露出欣慰的笑容。

吃完饭，已经很晚。大街上大雪弥漫。南生和罗辰步行回家。街上空空荡荡，梧桐树光秃秃的枝干映照在雪地上，偶尔有鞭炮的声音寥落地响起来。南生再次意识到自己是在南京。一个陌生的没有亲人的城市。一个她将拥有丈夫、婚姻和家庭的城市。

她喝了很多红酒，脸上很烫。罗辰走在她的身边，一直絮絮叨叨。他今天晚上很高兴。南生停下来，从裤袋里摸出一包挤得皱巴巴的烟，给自己点上。她已经憋了很久。走到楼底下的时候，她对罗辰说，你先上去。我去超市买点东西。

南生走到街道拐角的电话亭。电话亭里没有人，只有雪花凌厉地敲打在玻璃上。南生把烟抽完，扔在地上用脚踩灭。犹豫着。呼啸的大风吹起了街上的雪屑。高高耸立的公寓楼里，房间的窗口透出橙黄的温暖灯火。过年了。大家都在团聚。在枫桥外婆家的时候，爸爸就会从城里来，给她带来新衣服新鞋子。藏在抽屉里要到大年初一的时候才穿，可是她忍不住，总是一次次跑过去打开抽屉看，摸着衣服和鞋子，恨不得时间能够飞快地走……那时候她还是快乐的。包括在N城。和平会带她去放鞭炮。带她去看烟火。

她所曾经拥有过的往事，像潮水一样退却，没有留下任何痕迹。只有孤独是一场疾病，慢慢地让她残废。这一刻，她如此渴望听见和平的声音。她想知道，他在哪里。他过得如何。他是否幸福。她在电话里听着铃响了三声。在第四声结束的时候，终于搁下了电话。她对自己的痛苦已经丧失面对的勇气。

南生开始在杂志社上班。

之前她做过许多纯粹是为了赚钱的工作。快餐店，酒吧的计时工，销售，做广告，为电台做文字编辑……她为了生活而工作。而这一份工作，她在为它而生活。每天早出晚归，策划栏目，组稿约稿，设计选题。时常出差。同时，南生自己创作。她写小说。让自己忙碌得滴水不漏。这样可以避免去正视她和罗辰之间的感情。可以避免和他做爱。

她害怕和他做爱。那种陌生的感觉使她觉得自己是在出卖。可是又明白这个男人是珍惜和爱护她的。把头埋在那个男人的怀里，不忍心又不甘心。心里总是黯然。罗辰不是不清楚南生对他的冷淡。但他只把它当作她的习性。第一次见到南生的时候，她也是如此。站在角落里抽烟，对任何人爱理不理。她的身上有闪光的才情，只是被生活的创痛埋没了太久，所以她对自己并未曾了解。她不清楚自己心里的激情和能量。不相信它们可以带着她超越任何普通的众生。

去作协开会的时候，很多年轻的女作家打扮得花枝招展，自诩另类时尚。跟出版社和媒体的领导套近乎。这种事情南生做不来，也觉得索然。她没有期望和需求，所以也就没有机心。一个穿着白棉衬衣、旧牛仔裤的年轻女子，长发披肩，略显凌乱，脸上的表情平淡和沧桑交织，气质不群。

命运似乎眷顾任性而无所求的人。南生的小说引起反响。如同烟花在夜空中爆破，照亮了旁观者的眼睛。她的书开始畅销。一时，采访和约稿频繁。南生以非主流的姿态进入出版界。南生拿到版税以后的第一件事情，就是给自己租房子搬出去住。

她刚刚起步，钱也就这么多。但是仍然坚持地做了这个决定。她对罗辰说，现在住的房子离杂志社太远，而两个人都需要创作，挤在太小的空间里也有影响。罗辰一直沉默。他说，南生，我不想让自己感觉你这样做是想离开我。

如果想离开你，我会离开南京。南生看着他的眼睛。她说，我从小就没有属于自己的家，一直寄生在不同的环境里面。我只是想有一个属于自己的家。

难道你认为现在这样也是寄生吗。我们会有一个共同的家。

不。我希望你了解我。我是自私的人。只注重自己的感觉。

房子在市区的高尚地段，是有些历史的老房子。生锈的铁栅栏的露台，爬满了青藤。房间很宽敞，窗外是高大的桂花树。南生让房东把所有的旧家具搬走。自己去买了新的木床，衣橱，书橱，桌子。买了白色的麻纱窗帘和桌布，整套纯棉的小碎花被褥，精致的瓷器和线条古朴的灯具。买了大玻璃花瓶，每周买来大束的百合和鸢尾插在清水中。然后，她把父亲和母亲的照片镶进木头相框里，挂在了墙上。外婆的圣经放在床边。

那一个夜晚，南生独自睡在属于自己的房间里。她和罗辰约定每周双休日在一起，平时大家各自为事业忙碌。事业。那无非也是一个借口。如果真的爱一个男人，女人是甘心为了他下厨房，生孩子，长相厮守的。但是，罗辰不能让南生甘愿。

就这样，转眼之间四季轮回，时光如水。南生在南京已经停留了一年半。然后南生认识了乔。

乔是她的读者。南生从来没有想过和自己的读者做朋友。她一个人在阴影中呼吸，对周围的陌生人有一种本能的自我保护心理。南生不容易有朋友。每天收到的读者来信太多。有男人有女人，对她诉说往事，发泄情绪，也想请她出去吃饭喝茶。南生不常给读者回信。读者的信来来去去，有些只出现过一次名字就不见了。然后新的人新的信蜂拥而至。只有乔不同。

乔一直持续地写大量的信给她。有时候只有一个简短的标题。比如乔看到网络上有人骂林南生的小说是毒药，讽刺她，乔就会写信给她说，南生，今天可以抽空把抽水马桶清扫一下。然后洗洗睡觉。她也告诉南生她的故事，她说她和一个来自松花江的北方男人同居。他们一起组乐队，走了很多城市。所以她相信，两个人在一起能共同做些事情是稳定的力量。而激情，太薄弱了，不足以维持。

乔在信里是一个坚强的落落大方的人。她在南京的酒吧和餐厅里轮流演出。她会唱歌，演奏小提琴，吉他，钢琴，谱曲，写歌词，跳舞……很小就离家出走，在全国各地跑江湖。她看很多书，喜欢阅读。但最爱看林南生的小说。她说南生的小说能够直抵她最后一根肋骨下面的倒数第二根的神经。乔在E-mail里对南生说，我每周六在Banana酒吧。如果有空，过来看我。我很爱你。

那时候已经是秋天了。南京的秋天是美丽的，深蓝的天空高而遥远，街上黄叶纷飞。而南生和罗辰之间的隔阂却渐渐地凸显出来。

罗辰开始焦躁不安。因为南生渐渐陷入到一种自我沉溺的生活方式里面。每天写作达到十个小时，从晚上七点一直到凌晨五点。然后睡觉到下午一点起床。去杂志社处理工作。她几乎不再留出任何时间给他们彼此之间的感情。很久没有散步，看电影，做爱。她拒绝再去他们家里吃饭。

罗辰是聪明的男人。他没有给予任何质问或控制。他只是告知南生，他们需要去看一些家具和家庭用品。因为他们的婚期即将到达。他说，南生，有时候我感觉自己配不上你。你太优秀。他的眼睛带着歉疚，注视着她。南生心里黯然，她说，是你救了我。罗辰。不管何时重提，你都曾经拯救我。

我还希望一辈子照顾你。

南生无话可说。那天是在杂志社门口，周末的时候，罗辰总是会骑自行车过来，等在门口接她下班。然后一起去吃饭。那天，一起吃饭的还有一些评论家，都是罗辰的朋友。罗辰说，和他们熟悉一下，他们以后都可以帮助你。

可是我不需要这样的帮助。罗辰。我只认真写我想写的东西，读者喜欢，自然会去买来看。不喜欢，自然就不再看。和评论家有什么关系？

你不懂。南生。很多事情不是情理中的那样简单。不过，你只管写你的小说，我会替你打点所有麻烦。

南生在饭桌上一直埋头吃菜。她在感觉无聊的时候从不多言。她听到有人用纯粹私人的观点去给别人的作品下定论，用的却是不容置疑的口吻。觉得索然。不写作的而看别人写作的人，应该都是统称为读者。只是那些有发言权的读者就成了评论家。

书是作者写给读者看的。读者可以选择看或不看。但如何有资格去指点作家该如何写作，甚至盖棺论定。南生的思维接受不来这样的权威。她终于是坐不下去了。把手里的筷子重重地顿在桌子上，然后起身头也不回地走了出去。罗辰赶出来追她。他着急地说，南生，大家彼此逢迎一下。你何必当真。你何必不给自己和别人留下余地。

我已经给你留了余地了。罗辰。我清楚自己的道路。不要试图改变我。南生看着他，推开他的手。

我一切只是为你。南生。

不必。你知道你无法控制我。即使在我最落魄最危难的时候，如果我不同意，你也无法控制我。南生说，对不起。罗辰。

南生独自上了公车。她没有看清楚车牌。只是盲目地坐车。因为多日熬夜的疲倦，她睡着了。做了一个梦。看到自己在路边上了一辆公车。车很旧，车厢后面有积水和垃圾，散发着臭味。空荡荡的车厢只司机和她两个人。司机把晚班车开得像飞一样。中途才开始有陆续的乘客上来。起起落落的。到最后几站的时候，她发现车厢里只剩下另一个乘客。

那个穿着白衣蓝裙的女孩，坐在和她隔了一条过道的位置上，一直侧着脸看着窗外。外面下着大雨，公车的玻璃窗上面，有模糊的水印，一条条地流泻下来。

城市是个巨大的寂静的容器。充满着喧嚣而空洞的雨声。

女孩光着脚穿一双塑胶凉鞋。那种八十年代的孩子穿的凉鞋。她的两条腿紧紧地并在一起，双手插在膝盖之间。她的姿势沉浸在深不可测的黑暗里面。

车子一直在开。她不清楚她坐着车子是在出发。还是回归。

女孩子没有回头。她旁边的位置上放着一只旧的书包。

南生说，你到哪里去。她不回应，似乎未注意到她的存在。然后她伸出手去抚摸窗上的水滴。水滴延伸下来的纹路。南生看到她洁白的手腕上，那些坚硬的伤疤。它们支离破碎。它们很荒凉。

南生的心里疼痛。但是在自己的位置上无法动弹。不能靠近她亦不能离开她。突然清醒过来，南生想，那是她的少年。

她下了车，沿着大街往前走。看到街角Banana巨大的招牌。她想起了一个邀请她的女子。于是她走进去。里面的天花板很低，黑暗中人影闪动，空间像洞穴一样不断往里面延伸。然后在角落的舞台上，南生看到一个五人乐队在表演。贝司，鼓手，吉他，电子琴。然后还有一个作为灵魂人物的女孩，穿着紧身的黑色皮裤，黑色镶亮片露腰吊带，扭动着纤细的腰肢在拉小提琴。她很年轻，头发漆黑，脸瘦削平淡，却有一双猫一样机灵的眼睛。

音乐不错。歌喉也不错。女孩一首接一首地唱歌。王菲，邓丽君，粤语，英语，日语，闽南语……任何歌曲都模仿得惟妙惟肖，难不倒她。中途还要插科打诨，维持气氛。这样整整持续了两个小时，然后中场休息。

南生示意招待过来。她说，给那位唱歌的小姐叫一杯冰水。乔对她说过，她的嗓子只有喝了冰水才舒服，才最能发挥。女孩子接过冰水，眼睛看到南生，然后她走了过来。

你来了。她淡淡地闲散地和南生打招呼，仿佛她们早已经认识。然后她坐下来，抽出一根烟给南生。

南生看到她描了重重眼线和唇膏的脸，上面银光闪闪，缀满亮片。她说，音乐不错。

你喜欢就好。乔微笑。谋生的小把戏，但求博得别人的快感。很低廉。

持续到几点钟?

每晚三个小时。从十一点到凌晨两点。

我等你下班。

好。乔快乐地笑。她凑过头去对她说，南生，你比我想象中的要漂亮。这真让我高兴。

那一晚，乔结束以后带南生去吃宵夜。和乐队的成员一起。那都是一些性格桀骜，言语放肆，无拘无束的人。经历和乔相似，早早地离家，出来跑江湖。乔说，我们过的是醉生梦死的生活。

那个鼓手是她的男友。一个长发披肩的男子，穿着黑色紧身衣。当他俯下头的时候，头发就倾泻下来，遮住了他的脸。他们吃麻辣火锅，喝很多酒。然后有人弹起了节拍狂放热情的吉他。乔手中夹着烟，尖叫一声，走到街边，快乐而不羁地扭动腰肢。南生和他们笑着鼓掌。对她吹口哨。深蓝色的天空已经出现了淡淡的曙光。

然后，乔对南生说，跟我们回家。你和我一起睡。

他们一起租了一套大房子。房间里摆满乐器和曲谱。还有满地的烟头，酒瓶，及包装暧昧的空药瓶。南生在乔的房间里看到红色的床单，黑色的窗帘，还有一大堆书。枕头边是南生的小说。那本蓝封面的小说，已经翻得很旧。

睡觉之前读你的书。南生。你能让我平静。

其他人还没有睡，在那里开玩笑，尖叫着奔逐。然后有人弹起了优美伤感的吉他。乔脱光衣服，赤裸着纤细洁白的身体，坐到宽敞的窗台上去抽烟。她说，南生，我们来聊天吧。我很久没有和别人聊天了。找不到对手。

南生不记得自己是什么时候睡过去的。她对乔谈起了和平和罗辰。从小她是压制自己的人，什么话都不愿意对别人说。但是这种孤独感，已经渐渐让她无法呼吸。乔是一见如故的女子。和她在一起，令南生感觉放松。

我的婚期将近，乔。南生对她说，可是我心里日渐积累破坏的欲望。

你想如何。

想辞掉工作，离开罗辰，离开南京。

你要放弃你现在拥有的一切？

南生黯然微笑。这样很不可理喻吗，乔。很多人之所以顺从地过了一生，是因为他们一直在做着理所当然的事情。

你是真的爱着和平，还是爱着你心里一直无法被满足的空缺。南生。为此你颠沛流离，不断翻覆。但是你能确定你想要的就是你所在寻求的吗。

乔说，我们一直没有停下来过，是不能相信自己所真正寻求的东西。我至今未确定什么是人生中最重要的东西，金钱肯定不是，爱情也不是，事业也不是，生命也不是。所以我有时候会吸毒。我到处流浪，和很多男人在一起。我无法进入正常的社会和现实。我知道有些东西在变质，在以不可抵挡的加速度往下滑落。我只担心有一天自己想阻止下坠都不可能。

在你的小说里我看到温暖光明的东西。南生，虽然你一直在描述黑暗。可是我看到那些东西。它们纯粹唯美，充满幻觉，它们在对我说，要学会舍弃，要走下去，要相信命运。我们在一点点地经历，一点点地选择，一点点地排除。那种手心里一无所有的感觉你有时候怕不怕，南生？

我知道你会恐惧。我也会。南生。我们都在恐惧……

……

南生醒过来的时候是正午十二点。窗帘有隐约的阳光照射进来，房间里很阴暗。空气里混杂着烟草和酒精，非常污浊。乔赤裸的身体躺在她的身边，像一朵苍白碎裂的花。南生起床穿衣服。房间里没有任何声音。所有的人都还在熟睡。他们是夜晚才出行的动物，躲避着纷扰喧嚣的人世。

南生给乔留下她手腕上的一只银镯。她在一家小店铺里觅得，以极便宜的价格买下。但戴了多年。她感激乔给予她一夜的倾谈。让她听到自己内心从矛盾重重中凸显出来的欲望。清晰而灼热。

那个下午，南生在外面晃荡。她没有去上班，也没有回家。她要好好地看一下这个生活了一年半的城市。黄昏的时候，她去看达利的画展。达利不是她喜欢的画家，她只喜欢梵高。梵高色彩艳丽，线条笨拙的油画。孩子的涂鸦。梵高郁郁寡欢的脸，带着不知所措的纯真。展览馆里很阴冷。有一幅画的标题是：一个人的脑袋里充满云朵。小素描的纸张已经黯黄。铅笔的铅粉也已磨损。时间就是这样，把一些人的思想和情感保存下来。留给后来的人去猜测。

南生想，她的书也会变黄变旧。也会在她死去之后，被她读者的儿子，女儿，孙子，孙女看到。也依然会被有些人贬低，有些人热爱。他们都是有惶惑和恐惧的人。一个人在写，一个人在读。就这样，彼此安慰，作品获得了生命。

而某一天，她就会停止。等到她不再感觉惶惑和恐惧的时候。

在书店里，她看到一本书的封面是一张黑白的照片：一个女孩和一个男孩走在小镇的铁路上。没有人知道结局是什么。他们在行走。这幅黑白照片让南生想起了和平。她随时随地都会想念起他。他是在她的生命里。她已经可以确信无疑。她在街头的商店台阶上坐下来。已经黄昏了。暮色中人流涌动。这个城市依然何其陌生。就像她在杭州做完人流的时候，她在烈日之下感受到的剧烈的孤独。

为什么她一直在陌生的城市陌生的人群里生活呢。南生问自己。她要回家。

南生给和平打了电话。这个号码一直在她的心里。可是她用了一年半的时间来逃避这个可能发生的简单动作。和平的声音清晰地从话筒里传出来。他说，哪位。

她说，和平，我是南生。

南生。和平的声音是温和的。他说，我知道你在南京写作。你的书我在书店看到。你生活得很好，我很高兴。你的父母也会感觉安慰。

你真的高兴吗。和平。

自然。和平说，当初你匆促离开杭州，杳无音信，我一直寻找你。

为什么要寻找我。你并不爱我。

不。南生，请再不要和我纠缠这个问题。我只要你幸福生活。

那你呢。你和阿栗是否幸福。

这个问题不需要你关心。

南生说，和平。我只想告诉你，两小时之后我会在广州的机场。我决意来看你，不用阻止我。但你可以选择是否来机场接我。我会等你。等到死。

天气已经寒冷下来。南生等在机场。一个人坐在空荡荡的候机大厅里，看着玻璃窗外大风呼啸的灰白色天空。她什么也没有带走。只是带着自己的旧旅行包。这只旅行包，她带着它四处颠簸，已经很破旧。南生想，原来她一直拥有的，只是这只旅行包。

想给罗辰留一封信，却发现自己无话可说。她已经对他说过对不起。对不起。不需要原谅。不需要再见。不需要告别。不需要解释。她把罗辰买给她的戒指脱了下来，和他房间的钥匙一起留在桌子上。她想他看到这些的时候，应该明白。

在寂静的等待里面，脑子里的画面一幅幅地重新回闪。南生看到一个穿着白裙的女孩慢慢爬出阁楼窗口，坐在屋顶上抬起头仰望天空。没有人告诉她，幸福是什么。幸福是照射在脸上的温暖阳光，瞬间就成了阴影。

除夕

又见到和平。

南生走出机场的出口处，看到站在空旷广场上的和平。高大的穿着棉风衣的男人。他疲惫而着急地张望，隔着冷冽的空气和茫茫夜色。和平的出现让世界恢复了千疮百孔的甜美和强大。南生拎着旅行包走向他。她走得很急。夜风让她浑身颤抖。但是她摸到自己脸上的泪，又热又痒地流了满脸。

和平看到她。他说，南生。为什么你这么任性。我最恨你的任性。

她抱住了他的脖子，把整个身体都往他身上蹿。她闻到了她熟悉的气味。他头发的气味。他血液的气味。他皮肤的气味。她什么都不能再说，只是紧紧地，紧紧地抱住他。

所有的事情都被抛在了后面。

工作，前途，南京，罗辰和他的家人……南生想，原来，和罗辰在一起近两年的日子，所有的温暖和安定，是如此不堪一击。简直就像一场梦。在她心里没有留下任何痕迹。她是一个被打上烙印的人。是残废的，是支离破碎的，是无可回避的。

晚上，和平把她带到往日的酒店。他们再次在黑暗中紧紧地赤裸地相拥。南生听到自己发出的呻吟，从她的灵魂深处散发出来。她抱住这个男人。她知道，她抱住的是整个世界的空虚。

时间一点一点地过去。窗外的天空渐渐露出曙光。和平已经睡着。南生坐起来，一边抽烟一边在阴暗的光线中默默地注视着他。他的脸上是她熟悉的英俊阴鸷的轮廓。就是这个男人。她逃得再远，躲得再远，都是要回到他的身边去。

南生看到他的眼睛慢慢睁开来。和平变了。从曾经的对世界充满愤怒的叛逆的少年，四处碰壁，跌跌撞撞之后，变成一个隐忍的成年男人。和平说，你想劝我回N城吗。我不会回去。在这里有我的事业，有需要我的女人和她的孩子。这是我的生活。

为什么你一直不爱我，和平。

南生，当我们一起去木材厂里刨树皮，当你为了我去偷东西，当你想念父母满脸眼泪的时候，我曾想把整个世界撕碎，然后带着你远走高飞。但是，我没有这个能力。我是活在底层的人。我们不应该在一起。和我在一起，你会庸碌无为，每天一早起来清扫餐厅，去菜场买菜，闲来打打麻将……我们已经全然不同。南生。不要一直用你的记忆和凭借我的身体来渴望我。

他侧过脸去。他说，等会儿我就送你走。不要再来广州。南生。

南生不说话。她靠在墙壁上抽烟。外面就是浑浊的浩荡的珠江。陌生城市喧嚣的市街声响已经像潮水一样涌过来。南生体会着自己心里的绝望。她一直都在这样地绝望着。她黯然地对自己微笑。她说，你已经把广州当成故乡了吗，和平。

不。有时候清晨醒来，听到周围陌生的广东话，心情极为荒芜。

你还记得那带着海水腥味的台风吗，每年八月的台风。石板路街道两旁的梧桐树总是被刮得满地枝桠，我们在小阁楼里面，听到打在窗玻璃上的雨声……

南生，停住。

还有我们的亲人。爸爸，妈妈，我们爱过的恨过的亲人。他们的气味不在这里。跟我回家去。和平。

和平的眼泪流下来。他说，为什么，为什么你一直这样对我。

因为我知道，这个世界这么多人，可他们对我来说都是不相干的。我只有你。和平。南生难过地看着这个男人。跟我回去。哪怕只有几天。

和平什么都没有收拾，甚至没有和阿栗道别，就被南生坚持着，一起上了飞机。有一刻，他是脆弱的。南生的执著已经让他几近崩溃。包括南生，她的疲倦也已经让自己几近崩溃。飞机呼啸而起的时候，南生紧抓着和平的手指，眼睛里热泪涌动。她终于带着爱的男人回家。

和平看着南生靠在他的肩头上睡觉。她的脸在他的怀里充满无邪的纯真。只有在他身边，她才是心甘情愿的。她抱着他的一边手臂。紧紧的。怕一放松，他就消失不见。和平问空姐要了毛毯，裹住南生。南生的眼泪顺着眼角滴落在他手指上。此时远方的N城正降临一场白茫茫的大雪。

旧日居住的弄堂已经拆迁了。原来的位置上盖起了一幢外贸大楼。城市变样了很多，很多高楼大厦像暴发户一样林立起来。主要的大街全部拓宽。这是南生除了枫桥之外的第二个故乡。她的童年，她的少年，她的初恋和童贞全部埋没在这里。她想和她的男人回到这里。可是她知道她是在勉强地维持自己的意愿。

已经没有房子了。除夕近在眼前。他们住进酒店。房间在三十一层。买了一大堆泡面，饼干，啤酒，香烟。关在客房里，不管人间忧欢，过着封闭的不见天日的生活。

大雪停止。一直下着阴冷的雨，偶尔有雨夹雪。南生把羊绒大衣，高领羊毛衫通通脱掉。这身装束是罗辰喜欢的。中学女教师一样的打扮。罗辰看不到她的灵魂。南生穿回自己的衣服，光着脚在地毯上走。长发放下来，在裸背上散乱地晃动。她不停地走动，抽烟，喝酒，沉默，与和平动物一样无休止地做爱，看电视，吃东西，洗澡，吵架，互相在黑暗中拥抱着睡觉。他们也试着对话，想理清楚他们的未来。

在酒店住了七天。暗无天日的七天。封锁了所有的电话和讯息。日子一天一天地过去。分别即将在眼前，两个人似乎都已经想清楚。

和平对南生说，他在广州和阿栗已经把餐厅开到第七家。阿栗是一个非常坚韧的女人。

南生说，她要和你结婚吗。

和平说，对互相依赖和信任的关系来说，一纸婚书已不是关系的关键。但如果我们愿意，随时都可以。

南生低声地说，以后你再也不会来见我。

是。我答应过阿栗，和她结婚以后，要对她好。

来看我就是对她不好了吗。

南生！和平突然发怒地喝道，你就是这样，倔强任性。我不愿意看到你，就是因为你总是在提醒着我自己的过去。和你一样的不可理喻，一样的自私。

南生笑起来。她说，好，我自私，我任性，我是你的伤疤和犯罪记录。我会走得远远的，让你不再见到我。要不要我躲到北方去？

不用。只要你不在我的面前。即使是住在隔壁也已经足够。

没有我的生活，你才会幸福吗。和平。

我不知道。但是我想，我会有七家餐厅来打理。有一个快乐的女人和她的孩子。我会劝告自己知足。

是。我们都有更好的选择。如果我嫁给罗辰，我也会不错。有一份稳定的收入不错的工作，越来越多功成名就的机会，有一个平淡的家庭和一个视我为财富般珍惜的男人……她看住和平，黯然地笑，和平，从什么时候开始我们都这么功利和现实了呢。难道感情是最容易被首先放弃的东西吗。

我会一辈子照顾你，南生。我会给你钱，让你过得好。我不会再让你受苦。

你从我十七岁开始就在给我钱了。你从我十七岁开始就不再给我你的感情了。南生低声地说。她跑进卫生间，把门用力地锁上。她对着大镜子泪流满面，发现自己的身体因为难过在不停地颤抖。

和平过来敲门。他沉着地对她说，我们都会各自结婚。南生。你应该再回南京，那个男人并不知道你是为了什么离开南京，你有理由回去。你会有很好的生活。相信这一点。不要再和我纠缠。

第八天，他们达成了共识。南生同意和平回广州，她回南京。他们一起去火车站。火车站依然喧嚣，肮脏。外面雪雨交加，气候非常恶劣。候车大厅里人群涌动，空气浑浊。和平把行李交给南生，让她管着，然后自己挤到队伍中去买票。南生拖着行李箱走到大门边。她又看到了那家卖馒头的小店铺。还有对面的停车场。

和平买了票，走出来找她。南生一个人坐在行李箱上对着外面发呆。他说，你的是一个小时以后的票，我比你先走，半小时以后就上车。南生站起来，她的头发已经被融化的雪水淋得湿透，脸色苍白。她低下头微笑。她说，和平，我想对你说一件事情。和平说，你讲。

七岁的时候，我跟着父亲第一次来到这个城市。在这个车站下的车。他问我饿不饿，我说饿。他把我放在停车场那里躲雨，然后一个人过马路去给我买馒头。他在那个小吃摊买馒头。站在马路边要过来。然后三分钟以后他被货车撞死了。南生转过头看着和平。她说，和平，我知道消失是很快的事情。很多人一旦分开也许会永远都不再见面。

和平动容。他说，我只知道他出了交通事故。

是的。他死于交通事故。在任何一个人眼里，他只是一个交通事故的受害者。很普通的事情。每天都在发生，没有什么稀奇。但是没有一个人像我这样，眼睁睁地看着他从我身边离开。这个男人，他抱我，来看我，爱我，照顾我，他说马上要回来，却从此再也看不到。他说，等在这里。南生。等我回来。这是最后一句话。我相信他，一直等着他。可是他却不回来。

她慢慢低下头去，轻声说，和平，从那时候我知道，消失，遗忘，死亡，告别……都是会随时发生的事情。它们太霸道了，容不得违抗。可是我很傻，总是想弥补自己的遗憾，以为会留得住一些东西，记忆，幸福，耻辱，爱情，时间，还有痛苦。可是最后依然没有用。她的眼泪流下来。

和平看着她，心力交瘁地疼痛。进站的播音响起来。身边是涌动的喧嚣人群。那个头发潮湿的受到伤害的女子依然在微笑。她把自己的肩头微微地收缩起来。和平对自己的残酷无能为力，只能放下行李箱，紧紧地，紧紧地把这个失望的女子拥进怀里。

和平那一天没有走。跟着南生又回了酒店。

人回来了。问题依然在。南生知道和平依然在矛盾和犹豫。他爱她。他放不下她。她一次又一次地瓦解着他的决意，但没有办法让他选择停留下来。他们的对谈是没有出路的。两个人纠缠着，于是又只能做爱。只有做爱，能够让他们暂时逃却这世界的局促和时间的紧逼。南生抱着和平赤裸的身体，她贪恋着他的肉体和灵魂。她已经没有退路。

那天晚上，她从外面回到酒店，看到和平在喝酒。他喝了很多，醉得一塌糊涂。南生，阿栗给我打了电话，她怀孕了。我得回去。和平说完，倒在床上人事不省，独自躺在黑暗中呻吟。只有手机不停地在响。南生知道是阿栗在催他。而她的手提电脑里，也已经塞满了罗辰的E-mail，他一封又一封地追问，南生，你去了哪里。

南生什么也不说，什么也不做。坐在地毯上，双手环抱着膝盖，等待黑夜过去，黎明到来。等待和平清醒。等待命运给她结局。

她留住了和平。但是知道只是暂时的挽留。她是和平的缺陷和痛苦。他想过正常的生活。他没有错。他唯一的错是不明白南生的感情接近残废。她已经无法爱上任何人。

她起身，坐在窗台边眺望下面的万家灯火。她抽了一个晚上的烟。她的手一直在抚摩放在口袋里的药瓶。那个药瓶一直跟着她。她曾无数次自问，她的底限在哪里。她始终在盲目而执著地前行。怕自己一睁开眼睛，就发现一切只是一场幻觉。

然后，曙光渐渐变白。清晨到来的时候，南生下楼去散步。她看到菜场里早起的人，熙熙攘攘，一派生气勃勃的生活气息。每个人都在平常地生活着。只有她与和平不可以。

她给乔打电话。电话通了。乔说，南生，你失踪了吗。

南生不言。她的笑声听过去很轻松。她说，乔，我带和平回了家。我们每天在一起。我守着他。

乔说，他决定回到你身边吗。抑或他只愿继续往日的生活。

南生说，你猜。

我想他不会愿意和你在一起。我相信他爱过你，只是对你的爱太多负罪，已经让他疲倦。他会觉得在广州的生活比较轻松。因为和一个不爱的女人在一起，他才会坦然。

可是我不能失去他，乔。

是这个世界让你觉得失望。南生。你这样对他不公平。

南生微笑。挂下电话。那天是除夕。天气很寒冷。南生在大街上顶着寒风回酒店。在路口她突然看到一群黑色的飞鸟，平展着翅膀掠过她的头顶。它们没有发出任何声音，寂静得像天堂飘落的叶子。南生仰着头看它们消失在楼房的边缘。她在自己的脸上摸到冰冷的眼泪。可是她觉得自己并没有哭泣。

她的心已经无法再疼痛。

第一次见到和平的除夕，那一年她七岁。

回到酒店的时候，和平已经起床。他刮了胡子，穿戴整齐，显得神清气爽。他已经再次收拾好了行李。他说，南生。我必须得走了。南生慢慢地向他走过去。她的脸因为一夜无眠而苍白。眼睛却幽深得像深不可测的海底燃烧着火焰。她说，你真的要走吗，和平。

是的。我要走。

南生沉默着，她好像在费力地思考着什么。皱着眉头，神情忧郁。然后她慢慢地走向和平。她说，我这样爱你，和平。

那是早晨六点三十五分。除夕。南生做了她力所能及的最后一件事。她把预先在散步时买来的刀用力捅向了和平的腹部。她确信这把刀扎到了根部。她的手紧紧地压在刀柄上，全身因为用力而肌肉紧缩。

和平的身体似乎寒冷般地战栗了一下。他姿势笨拙而钝重地推开南生。他说，南生，你终于这样做了。他把刀刃从腹部拔出来，雪亮的刀尖上沾着黏稠的鲜血。衣服上却没有鲜血渗出。和平的脸色没有改变，只是微微趔趄。他镇定地站起来，拿起地上的行李箱。他再次轻而坚决地说，南生，我必须得走。

南生的脑子里已经一片空白。和平转身慢慢地走向电梯。他面无表情，步履摇晃。一只手拎着行李包，一只手捂着腹部，脸上有一种奇异的悲凉的表情。南生茫然地跟着他走。酒店那条长而狭窄的走廊，洒下阴暗的光线。某一刻，南生以为她和和平走在一条生死茫茫的道路上，已经没有尽头。

和平走进电梯。他转头对南生说，如果我曾经亏欠过你，那么现在我们应该已经两清。请你放我走。南生。南生的双腿发软，神情麻木地跪了下来。

直到那一刻，和平手里的箱子终于沉重地掉在了地上。他靠在电梯墙壁上，像一袋崩溃的沙土袋子，慢慢滑落下来，倒在了地上。他捂着腹部的左手摊开在地上。粘满鲜血。

Side C 散场了

一个人的生活

某种结束

去往别处的路途

一个人的生活

我终于正式辞去在网站的工作。这份工作大概只维持两个月不到。去办公室收拾东西的时候，彼得在他的办公桌前装作忙碌，不搭理我。我想他大概心存尴尬。对我似真似假地试探，最后的结局却让自己受伤。又能如何。我们总是希望对方能多付出一些。很多事情并不能称心如意。

我拿着自己还没有用完的大瓶雀巢速溶咖啡，走过去对他说话。

彼得，这些咖啡给你。

他抬起头，略显慌乱地闪躲我的眼睛。他说，你今天就离开吗。

是。我对他温和地微笑。谢谢你这段时间照顾我。

他说，我听说你在家里写小说。你是一个作家吗。

大概不是。我说。我不清楚这些消息传播得为何如此之快。办公室永远都是是非之地，让人疲倦。辞职应该是正确的。他送我下楼。我想阻止已经不可能。他说，乔，以后我还可以约你出来吗。看看电影，去酒吧……

他对我絮叨，在楼下门口一眼看到开着车等我的森，顿时哑口。森穿着白棉衬衣，黑色棉风衣，干净恬淡，在那里安静地对我微笑。我说，彼得，这是我的朋友。

他低声说，乔，你要结婚了？

是。我说。

他顿时神情萎靡，对我挥了挥手，很快就进了电梯。

那天，森陪我去看房子。我决定从旧洋楼搬到面积很小的单身公寓。这样房租可以降低一千块左右。小说正式启动以后，就推掉了大部分的专栏约稿。我想我可以一再地让步。就像偶尔有钱的时候，可以挥霍它们到一无所有。太有钱和没有钱，本质有微妙的共通之处。人只有在这两种状态之下才能真正无所顾忌。

城市里的单身公寓楼，通常是高层。想搬到徐家汇去住。出租的是十八层的一套房间。五十多平方米包括了厨房卫生间卧室客厅工作间。虽然狭小但干净周全。房东特意介绍，同楼层另外两户邻居都是搞艺术创作的。一个做平面设计。一个是小说翻译。都是与世隔绝，闭门不出的人。

我光着脚走进去看。卧室的大阳台垂着白色棉布窗帘。阳光倾泻在微微发红的木地板上。从阳台往下去，下面有人流穿行在建筑的狭窄缝隙里。能听到风的呼啸。我对森说，这里如何。

适合你写作。看看你比众人站得高多了。森在一边微笑。

我付了定金。和森一起走到仅隔一条马路的上海体育馆。黄昏的空地上有附近学校的男生在那里打篮球。自行车后面放着书包，穿球鞋运动衣，跑得满头大汗。天空是明净的颜色。有大片金红色的云朵。坐在旁边的梧桐树下看他们打球。我拿出烟来抽。

森说，刚才送你下楼的男人，是你常提起来的那位同事吗。

是。也许他认为可以让我爱上他。每个人都想控制住身边的人。

你心里有一个黑暗的洞穴。男人不知道如何去填补它。

包括你吗。我眯起眼睛看他。

他不作声。然后他说，我可能下周要回去英国一段时间。

很久吗。

不知道。

我把烟头扔到树根下面用手摁熄。我说，等你回来，我可以把南生的故事写完。

和平应该没有死。

他在医院住了几个星期。痊愈之后离开了N城。

南生呢。

和平不愿意起诉她。所以在看守所里关了一段时间以后，就被释放。

为什么故事里有个女孩子的名字和你一样。

我说，不要怀疑我写这个故事的动机。森。我没有目的。我只是用了很多种方式尝试拯救我自己。想让自己看起来和旁人一样幸福。但是。我仰起头看暮色中清凉的天空，我说，但是后来我发现，我们始终只能生活在寂静的绝望之中。只是大部分人并不自知。

森动容地看着我。没有再说话。

终于收到小至的来信。那时我已经开始收拾行李准备搬家。把家具拆开用牛皮纸包扎。所有的衣服都用一张大床单裹起来。包括红色棉布沙发和橡木铸铁单人床。我只睡单人床，用单人被子。除了卓扬，没有人到我住的地方。想起那个男人的时候，心里已经没有痕迹。有些人是可以被时间轻易抹去的。犹如尘土。

确切地说，小至寄来的只是一张明信片。图片上是白雪覆盖的喜马拉雅山。小至用圆珠笔在背面潦草地写着，乔，我现在在加德满都旧广场旁边的一家小旅馆里面。和一个荷兰男人在一起。他的眼睫毛有金子一样的颜色，和他亲吻的时候好像能看到天堂。这是一个喧闹艳丽的城市。黄昏的时候，站在阳台上，能看到喜马拉雅山上的夕阳。

她没有写她的归期和计划。没有写她是否快乐。没有写她的过往。没有写她是否已经放下了她的负担。

我按照她的地址写了信过去。我说，小至，我搬家了。想念你。

似乎有很多话要说，但写在信纸上的，居然只有这样短短三行字。再也写不下去。

森回去英国的时间里，我开始在新搬的房子里埋头写作。

生活一直以这种单调而纯粹的状态维持着。要活着。即使是百无聊赖，即使心怀恐惧和疑虑。即使等的人也许不会出现。得到的诺言不会持久。困倦的时候，一个人趴在十八层的阳台上往楼下看。大街上人车如蚁，高楼成了积木。即使高声地尖叫一声，声音也很快被呼啸的风带走。有很久很久没有看到的，空阔并且深蓝的天空。冬季的蓝天。它一下子就打进了眼睛里，让人刺痛。

又开始看一些旧书。翻来覆去地看。杜拉斯的《华北情人》。十五岁的女孩在炎热的夏天，记得空气里的茉莉清香。她疼痛出血，一边冷酷地看着她的情人。她始终未曾透露是否真心爱过他。一切已经不再重要。

在窗台上种了十多盆仙人球。它们是懂得幸福的植物，从不奢望。

有时候也出去约会。常有陌生人打我的手机。报出奇怪的名字，说想约我喝咖啡。我在最无聊的时候出去。见了一个一贫如洗的落魄诗人。一个滔滔不绝表达欲极其强烈的失业男人。还有一个满嘴脏话的中学女生。每次都是我掏钱买的咖啡。在付账的时候那些男人就一声不吭，避开眼光。

我微笑着和他们道别。其中一个人第二次约见不成的时候，突然以恶毒的语言攻击我。我把手机盖子啪地合上，怀疑自己刚刚打开的是一个装着魔鬼的瓶子。我不再想做尝试。对身边的大部分人，我都缺乏信心。

只能再独自出去，在酒吧里喝一杯。森的酒吧关了起来。有几次还是迷糊地走到了那里。看着紧闭的褐色木门，想起里面缭绕的轻轻的歌剧。一个男人擦拭着杯子，细腻而冷漠的手势。一个和我一起看电影的男人。

独自的深夜，我放爱尔兰音乐。把一首最喜欢的曲子连续放到凌晨。用很响的声音。

我相信这就是孤独。而所幸的是，对此一切我已经习以为常。

不记得是哪一天。在阳台上看到邻居。比较习惯每天下午两点左右，起床以后，在阳台上抽烟。然后给仙人掌稍微地喷点水。那天，在隔壁的阳台上，看到一个穿着仔裤和黑色毛衣的男人。身形高大。剃平头。脸上的皮肤很粗糙，但有英俊的下巴和嘴唇。神情冷漠。他也是在阳台上抽烟。我注意到他光着脚。他的脚趾清洁健康，显示着性感。

另外，他戴着一副庞大的Gucci墨镜。

我对他微笑点头示意下午好。他直直地看着我，神情像个突兀的外星人。

然后他先开口说话。你每天晚上都放的音乐是什么。

是一首爱尔兰曲子Farewell To Govan。

你最多的一晚上放了一百一十七遍。你很喜欢吗。就像你只种仙人球。

只是因为懒吧。我在一段时间里只喜欢和一个人相处。做一件事情。养一种植物。听一首曲子。

他搔搔头，表示困惑。我带了一盆仙人球，一张Joanie Madden的风笛CD去邻居家里做客。他的房间和我一模一样。只是墙壁被刷得雪白。空荡荡的。地上散乱着床垫，坐垫，衣服，罐头，电视，啤酒瓶，烟头和泡面的包装纸。一套从Ikea买来的松木工作台，上面放着电脑和书籍。

他说我可以叫他Ben。做平面设计，属于SOHO自由工作。

我问他为何一直戴墨镜。他说，因为电脑看的时间长，眼睛发炎。这个答案让我愿意坐下来，和他聊天超过十分钟。我讨厌做作的男人。但Ben极为坦然。我在他房间里的时候，他在一边做事情。不搭理我。不和我说话。我们各行其是。他把我当成自然的一部分。就像他房间里的一张沙发。

他的生活习惯和我颠倒。白天工作。晚上出去泡吧，健身，做所有不眠的人能做的事情。我去的下午，他就在全神贯注地工作。我替他收拾了房间。把揉成一团的被子抱到阳台上晒。从厨房冰箱里搜出几颗土豆、一块冻牛肉。放了生姜和柠檬，用砂锅炖牛肉土豆汤。然后在DVD机器里塞了恐怖片，裹着毯子戴上耳机看。看到睡过去。

醒过来的时候，已经夜色弥漫。Ben独自坐在地毯上喝汤。电视机里一片蓝光。

我相信这类隐居般生活的男人，在城市里并不多见。所以这些怪男人有的长得极其英俊。比如Ben笑起来的样子，甜美如幼童。虽然大部分时间里神情严肃，酷得邪气。

工作的时候全神贯注，一言不发。然后隔两个小时就戴上墨镜去阳台晒太阳。

我把电脑搬过去，在他那里写作。晚上他休息，也不出去。趴在桌子上打电脑游戏。喝我炖的汤。两个人对彼此一无所知。年龄，具体职业和身份。从哪里来，到哪里去。就像旅途上邂逅的陌生人。走一段，随时可以告别。是丧失了过去和未来的人。

天气开始越来越寒冷。我们几乎不出门上街。有时候他深夜带我去健身。两个人对着大幅玻璃窗跑步。窗外是霓虹灿烂的摩天大楼。我们戴着耳机听电子音乐。从健身中心出来以后，去拐角小巷的豆浆店吃生煎馒头和咖喱牛肉粉丝汤。

不记得是哪天。顺其自然地开始做爱。犹如一起在健身中心跑步，一起在街头小店吃宵夜。诸如此类。不去计较里面的得失和是非。这对我们而言是生硬的现实。他的身体就如他光着的脚趾，有干净健康的性感。欲望像阳光一样坦白。

天花板上有游动的月光和云朵的阴影。拥抱在一起的时候，能清醒地感受到温暖的皮肤彼此融合。冬天的温度已经降低了很多。在睡觉的时候，把冰冷的手和脚全部搁在身边男人的身体上。他的体温像地下的岩浆，慢慢涌动。那一刻，坠入温暖的黑暗深处。可以什么都不想。

森过了两周仍未回来。

我开始说服自己，他也许再不会回来。我相信很多人都是会这样突然地消失不见。比如小至，比如卓扬，比如彼得。现在在这个城市的任何一条大街小巷上，我都未曾得到机会和他们不期而遇。他们仿佛在空气里蒸发，没有留下任何气味让我记忆。

在深夜，我看旧的盗版碟片。我看《秋日传奇》。卓敦流浪归来的时候，素珊已经嫁给了他的哥哥。他去看她，她在豪宅的花园里剪花，生活已经全然不同。他让自己相信这样她是幸福的，看着她默默无言。素珊含着泪说，永远太远了。她等过。只是一直等不到。而心已经碎裂成灰，难以辨认。

我给自己倒一杯威士忌，加了冰块。然后在黑暗中慢慢喝下去。多好。生活里还有这些传奇带来激情及对激情的回想。

十二月。Ben对我说，我们结婚吧，乔。

我说，好。

那天是八号星期三。我记得那个日子。民政局一，三，五办理结婚登记。如果是星期二或者星期四的话，我们的计划都可能落空，因为那种一时的念头太偶然。纯属偶然。

但是，一切刚好凑巧。时间对了。人在了。而且彼此都是在觉得无聊的时候。

我们步行到民政局去做登记。街上刮大风，很多人瑟缩着脖子匆促地走过。Ben走路的样子，旁若无人。根本就不多看我一眼。仿佛我只是他有过一夜情的搭档。我们走路的时候不拉手。

一开始找不到。找人问。终于看到有男男女女满脸郁闷地从街口走出来。他们的出处就是区民政局那座光线阴暗的旧红砖房子。在里面排队的人没有笑容。气氛极为低调。我和Ben交了钱拍照。照片上两个人神情木然，头发被风吹得混乱。像刚越狱出来不知所措的异乡人。Ben的胡子还未剃。照片被贴到两个红本本上面。那就是我们的结婚证。

队伍排了长龙。每天都会有很多人登记结婚。我看着Ben站在队伍中等着盖章。他现在是我的男人了。这个穿着黑色大衣，戴着墨镜，高大英俊的陌生人。我刚刚知道他的年龄是二十六岁。

我相信他曾经有过恋爱。所有沉没在海底的历史必然都是一座曾经华丽起航的大船。只是大家都已经渐渐厌倦了感情游戏。想让自己感觉能够拥有一些牢固的东西。

就这样两个双手空空的人，在一个共同居留的城市里结了婚。

走到大街上，一切如常。阳光稍微冷淡了一些，已经是黄昏。Ben说，我们去买瓶红酒庆祝。于是去了附近路边的超市。经过菜场又买了西芹，牛肉和鸡。在厨房做菜的时候，Ben在客厅看电视里的足球比赛。我切着西芹，闻到一手湿漉漉的辛辣芳香。突然想到，自己已经结婚了。那个红本本是有法律保障的。多么不可思议。一直过自由不羁的日子，居然做了一件可能会牵涉到法律的事情。没有戒指，没有玫瑰，没有婚纱和宴席。我却嫁了一个男人。

我慌张地放下刀跑出去。Ben跟着跑出来。他说，乔，不要跑。我知道你会清醒过来。但我懒得去办离婚手续。干脆把结婚证书藏起来，等到你找到一个真正想嫁的人我们再去办。不过我估计你也找不到什么人。

我说，为何。

他说，你在找的，只是幻觉。自以为是的幸福。很可惜，我们是太相像的人。他又说，就这么一回事情。爱谁谁吧。

生活和以前没有任何改变。除了Ben退掉他的公寓，住到我这里。因为我不喜欢搬家。家具又多。他依然白天做设计，晚上出去酒吧泡妞。我写作，睡觉，看书。一个人在房间里抽烟，看碟片。我们的经济和精神都很独立。结婚只是我们两个才知道的事情。

一段凭空多出来的情节。仔细想来仍然诡异。桀骜如Ben和我，会钻入一个圈套。我们只不过是带着证书的同居者。

但是应该没有一对夫妻彼此之间会相处得如此安宁。我们从不互相关心，打探，猜测。也没有抱怨和解释。有时候想想，很多男女是在以爱为借口做着自私的事情，又唯恐对方知道或比自己更高明。所以有那么多的爱恨情仇。我和Ben恨不起来。因知道彼此的时间只有一段。

寒冬到来的时候，Ben说他要离开上海。一家大客户要求他去广州工作一段时期。我第一次知道他是大连人。这是我们结婚后的第三十五天零十九个小时四十二分。他来上海其实只是两年的时间。

他说，你和我一起走吗，乔？

我摇头。我想不出和他一起去的理由。我的书和CD，Ikea沙发和松木桌子都在上海。我得和它们在一起。我说，我不去广州。

他开始收拾行李。把衣服塞入皮箱，把电脑打包。把属于他的那本红色证书放进箱子。我们没有任何共同财产。真是干净。我说，项目做完，你还回来吗？

现在还没有想好。也许接着要去香港。香港你去吗？

我哪儿都不去。我说，Ben，记得你只是我在上海的男人。

我送他去机场。那天天气寒冷。我们还没有度过一个共同的除夕。两个人一前一后地走过夜晚的候机大厅。那里空旷寂静。有人在看电视。有人把衣服蒙在头上睡觉。一个披着流苏披肩的女子，穿着高跟鞋在过道上踟蹰。

Ben穿着黑色大衣，戴黑色墨镜，利落的平头。一直在嚼口香糖。他像个黑客。我忍不住笑。他说，乔，如果你现在流了一滴眼泪。也许我会为你留下来。

我摇头。他说，以后你会不会替我生个孩子。我想要个和你一样古怪精灵的女孩。

我说，我不生孩子。除非哪天碰到一个非常有钱的男人，可以供养我们母子。

他看着我说，你想好我和你都不会非常有钱吗？

是的。因为我们都太无谓。没有明确目标。

也许某天我们会白头偕老。某个你我都感觉疲倦的时候。大连是个能看到大海的城市，也许你会喜欢。等到我们老了，可以一起携手去海边散步看夕阳。

那时候也许就找不到彼此。还找得到你吗。

给你留一个我的长久联系电话和地址。

不要。我干脆地说。

那好吧。只要我没有死，你总是有可能找到我。

你希望我找你吗。

希望。

为什么。

因为你来找我，只会有两个结局。离婚或者在一起。这两个结局我都可以接受。他看着我，他说，乔，也许你我都明白，我们是轻视爱情的人。没把它当回事。但是，或许，某天，我们会真正地相爱。

会吗。

也许要等我们再兜几个圈子。他微笑。时间太多。还绰绰有余。

夜晚九点整。这个戴着Gucci墨镜的北方男人，带着他的行李，结婚证书和我送给他的仙人球，离开了上海。

回到一个人的单身公寓。生活继续。

在任何人的眼里，我依然是一个情形糟糕的单身女子。没有人知道我有过一场无疾而终的匆促婚姻。没有人知道我的男人去了南方。我们注定要彼此遗忘。

春天到了。我的小说接近尾声。抽烟开始频繁。每天晚上必须喝点酒才能睡觉。床底下有了储备的酒瓶。只有在写作的时候我是清醒的，思维还在清晰灵活地流动。可是我的状态越来越不好。有时候非常想和别人说话。想把电话打给任何一个认识的人。翻着电话号码本，发现上面密密麻麻的号码里，居然找不到一个电话可以打。可以说话的人，都未曾留下号码给我。怎么打给小至，怎么打给Ben和森。他们的离去是一种消失。

对陌生的人可以说什么。对不起，你还记得我吗。我是乔。你过得好吗。能聊聊天吗……就像那些深夜把电话打到电台的人，不明所以，絮絮叨叨。而更重要的是，我根本就不知道想说什么。可是我却想和人说话。

我开始想念小至。是一种钝重的真实的想念。我们在床上喝威士忌加冰看旧片的深夜。她穿着内衣在厨房里用色拉油煎美国香肠的样子。自己把手臂搭在她的肩上穿越喧嚣人群的肆无忌惮。我们曾经因为痛苦和不想痛苦而互相陪伴。只有在她的身边我才是自由的。

那个失眠的深夜，躺在黑暗中辗转反侧，渐渐觉得自己喘不过气来。翻身下床，从厨房的刀架上找出一把削水果的小刀。用刀刃对准手腕上最薄弱的皮肤划。一刀，两刀，三刀……开始有血从错落的用力不均的创口里渗透出来。用指尖把芳香黏稠的血液抹开，闻着它在皮肤上干涸的气味。疼痛带来的快慰传递到肉体的每一根神经。觉得心里透出了一些东西。然后找出一块干净的布条，把手腕紧紧地包裹起来。

走到阳台上点了一根烟。那是五月的夜晚。深蓝的天空很透彻，有大颗大颗清冷的星光。城市在沉睡之中。黑夜充满秘密。就像以前的无数次，我对自己的生命产生怀疑。死亡一直在我身边舞蹈。我是聆听着它的歌谣长大的孩子，灵魂始终在恐惧所覆盖的寂静之中。

我想，我应该有一段旅行了。我会死在这个城市里。死在我自己的绝望之中。

认识树是在那个晚上。

在网上搜索旅行论坛。看到一个凌晨两点钟刚发上去的帖子。它的内容是：我准备五月底去新疆（确切说是北疆）游玩，可否有人愿意一起同游。我在北京，一个人，男性，二十六岁。路线：北京—乌鲁木齐—和静—伊宁—赛里木湖—乌尔禾—喀纳斯—富蕴—乌鲁木齐。大约需十至十五天。初拟五月二十五日左右动身。打算在新疆租车。

底下有他的E-mail地址和联系电话。网上有很多邀约旅行同伴的帖子，只有这个人的日期和时间迎合我的想法。用手机打电话过去。刚好是两点一刻。电话接通了。是年轻男人的声音。我说，你好。我是乔。我在上海。我想和你一起去新疆。

他说，我发了那帖子才一会儿。他笑起来。一口流利顺畅的北京腔普通话，笑声很清澈。不记得说了些什么，大抵是互相说了一下工作。他大学毕业以后，做过杂志编辑，现在一家知名的大网站做频道编辑。他要用掉他的年休假。我说我在家里，给杂志做撰稿。刚写完一个很长的小说。想调整一下状态。

我相信我们说的都是实话。因为我说的是实话。约定五月二十五日在乌鲁木齐会合。当然中间还是希望能找到两到三位的同伴，这样租车的费用会因为分摊更便宜一些。但是最终我们还是失望了。只有两人同行。

我不担心任何陌生人同行危险性的问题。比如劫财劫色。没有任何恐惧能超越死亡。但是我不畏惧死亡。我只有过一次想让他扫描照片给我的念头。因为对男人的外表还是比较在意。即使他只是一个旅伴。哪怕只让我看到他穿衣服的风格，我也能判断出他大抵的身份气质。我只担心他是否是个无趣和没有品味的人。但是因为他没有对我提出相同的要求，所以忍耐了下来。我安慰自己，冒险和意外还是能够让人有所期待。开始收拾行装。

出发的那天，天气晴朗。我背着登山包去机场，下午的飞机。从上海到乌鲁木齐。航程要持续四个小时。那应该是很遥远的地方。我在电话里问过树一个傻问题，我问他乌鲁木齐是在新疆吗。他笑。

那时候我们已经为旅途打过好几次电话了。电话里他说话的腔调大大咧咧的，是北方男孩特有的那种洒脱。虽然我不想猜测他，但感觉中他应该是一个皮肤黝黑，举动灵活的男孩。因为他对我说，他去过中国大部分的地方。还去过法国和澳洲。他的薪水都花在了旅行上面。那是他最大的爱好。

在机场我很安然地关掉了自己的手机。很好。离开这个城市我不需要对任何人道别。没有人知道我的离去就如同没有人会等待我的归期。这就是我的生活。

我给自己买了一瓶午后红茶，坐在候机厅空荡荡的位置上看电视屏幕。周星驰让我像个傻瓜一样地发出愚蠢的笑声。也许他是唯一能带给我快乐的人。那天我穿着白色棉布绣花上衣，旧仔裤，光脚穿一双从襄阳路市场买来的麻编凉鞋。神情憔悴。旁若无人。

漫长的飞行时间还是让我渐渐有些头痛。感觉疲乏。坐在我身边的是一个爱唠叨的成都男人。他在新疆卖药。他一直不停和我说话。他说他的肥胖是因为不断地陪着客户喝酒造成的。他说他最大的目标是要从一个业务员做到有自己的销售公司。他把他的名片给了我。但我知道只要我们一下飞机，估计一辈子见到也就这么一次了。

走出机舱的时候，西北部激烈而粗暴的阳光陡然地灼伤了我。我听到自己的皮肤发出碎裂的声音。

找到和树约定的酒店。我比他先到，先订了房间。拉开窗帘，外面是陌生的城市。有高大的白杨树的街道很宽敞，带着风沙的荒凉。因为时差，黄昏六点了，天空还是如午后般的明亮。有人敲门的时候，我披着刚洗完的潮湿的头发，光着脚过去开门。门外是一个看过去很普通的年轻男人。北方人白净的皮肤，短发，穿米色的粗布裤和棉T恤。他像一个北大学生。这是我对他的第一眼印象。很明显，他是那种干净的，健康的，身上没有任何潮湿气味的男人，看过去很节制。

我们去吃晚饭。找了一个小饭馆，各自要了面条。他加辣酱。他说他喜欢吃辣的食物。我们有时候说话，有时候沉默。他看过去很镇定自若，像受过良好教育在大城市里见过世面的男人，有见多不怪的淡定。过马路的时候轻轻扶住我的手臂。话不多，但很温和。

那天晚上我们睡的是同一个标准房间。两张单人床。他洗完澡很快就睡着。我躺在床上又抽了一根烟。侧过脸去看他。他睡觉的姿势很安静。睫毛长长地覆盖在眼眶下面。侧脸清秀而坚定。我把烟头放在烟缸里，起床去卫生间刷牙。这个陌生男人让空气变得温暖起来。那天晚上我睡得很沉。没有梦。

第二天我们见到了司机小隆。二十九岁，吐鲁番出生的男人。小隆的手伸过来，温暖有力。他穿军绿色的肥大的布裤子，光脚穿一双凉鞋。褐色的长睫毛，眼睛很漂亮。像个维族男人。那是我见过的稀少的健康明净的笑容。是在我所居住的城市里见不到的笑容。上海男人都有一脸暧昧的表情。

也见到了我们的陆地巡洋舰。一辆蓝色丰田车。我们的车子飞快地开上了高速公路，由南向北，奔赴最北端的喀纳斯。当然一路会经过很多地方，并在路边旅馆里留宿。

窗外是新疆白晃晃的灼烈阳光。是这样明亮的干爽的阳光，似乎能在眼睛里一点一点地碎裂。我看着它。感觉到黑暗般盲目的沉醉。沿途是无止境的草原，沙漠，山丘和看不到尽头的寂寞公路。没有人，没有车。偶尔才能看到出了车祸的大卡车翻倒在路边。路上太寂静了，太阳又晒。所以司机常会开着车不知不觉地睡着。然后就把车翻在了路边。

到处可见倒毙在路边的牛羊尸体，龙卷风，海市蜃楼，以及大片大片的红柳和梭梭。偶尔能看到一面碧蓝的湖水，远远的。像画布上渗出来的一滴深蓝的颜料。大片大片的阿勒泰山羊，肥美憨厚的神态，在马路上慢慢走动。要按着喇叭耐心地驱逐开它们。牧羊的男人有黝黑的皮肤，大热天穿厚棉衣，拿着鞭子骑在马背上。牧羊犬甩动尾巴吠叫着奔跑。

我的眼睛疼痛得流不出眼泪。有时候我相信它们是会盲掉的。为了记得这一切。

第一个夜晚，住在卡拉麦里自然保护区。公路旁边的小镇旅馆里。很简陋的房间，放着四张硬床。黄昏的时候，我们先去洗温泉。泡在天然的盐水温泉里，看广阔的草原上的天空，一点一点地变成暮色的清凉。一轮血红的夕阳以绝望的姿势绚丽着。云朵似乎烂醉。本地的维族妇女穿着内衣坐在石阶上，用光裸的小腿撩动着热水。纱巾垂在肩上，神情羞涩。孩子高兴地尖叫。天空有鸟振动着翅膀飞远。

在路边吃晚饭。大盘的拌面，里面是韧性十足的面条，辣椒，洋葱、羊肉、大蒜、西红柿……油腻而辛辣。这样的食物，后来一直持续在艰苦的旅途里。夜晚十一点多的时候吃晚饭，因为那时候天才开始黑。把买来的啤酒冰在冰箱里。吃完面条，才拿出来喝酒。两个男人都不抽烟。我带去的三盒烟一直塞在行李包里，没有拿出来。深夜的马路上有狗吠，店主们围在破旧的木桌边喝茶，用飞快的维语聊天。过路的大卡车停在旁边。司机在吃西瓜。我们说话。

吃完晚饭，我去天井抽烟。夜色漆黑，树拿着手电来找我。我们在露天的大院子里看到了深蓝夜空的繁星。低垂得似乎伸出手就可以触摸到。它们如此明亮。像大滴大滴的眼泪。树指给我北斗七星的位置。他说，以前看过吗。我说，看过。童年的时候。

星空就像敞开的天堂。是在遥远的北方。新疆的卡拉麦里。在一个散发着牛粪气味满地沙土的小旅馆院子里。一个陌生的北方男人的身边。

一路马不停蹄地奔赴。到了布尔津，办理进入喀纳斯的边防证。

布尔津是干净的小县城。我们计划在那里住一晚上。在小隆的叮嘱下去买球鞋和风油精。在一家回民饭馆吃晚饭，有当地人自己做的酸奶。浓稠的一大碗，酸而清凉。旅馆旁边的大马路，两边有高大的白杨树。树下已经铺开了桌椅和炭火架，当地人把新鲜的羊腿放在桌子上，用刀把肉切成一小块一小块。肥肉和瘦肉相间，串在铁丝上，架在炭火上烤。鲜肉在热烟下开始发出嗞嗞的冒油声。还有从附近河上抓来的鱼，剖干净后也串起来烤。

夜风清凉，碧绿的树叶发出沙沙的摩擦声。风中有淡淡的木柴烟味。我们喝啤酒，吃烤肉，不说太多的话，凌晨的时候才回旅店睡觉。很快地洗澡上床。我觉得自己略有醉意和困意，可是却睡不着。我说，树，我睡不着。他说，那我给你讲个故事。

我们已经熟悉。坐在车上的时候，因为炎热和旅途的艰难，彼此开玩笑。他纵容我，总是微笑地放任我和他的抬杠。我说，讲讲你生命中曾经爱过的人。他讲了。黑暗中他的声音磁性婉转，是我在电话里曾经熟悉的北方口音。在他的叙述从最初的深情持续到四年后的背叛的时候，我制止他。我说，不要去动伤口。树，对不起。

黑暗中他依然镇定的声音。他说，现在那只是一道疤。

到达喀纳斯是炎热的正午。路途明显开始崎岖粗糙起来。一路黄土飞扬，肺部明显开始变得浊重。颠簸的行驶使车子不时腾空而起。曲折的尚未修整好的盘山公路堆满沙石，沿着高山蜿蜒延伸。几乎不能睡觉，不能说话，只能全力和艰难的道路对抗。

有一段时间，心里的懊恼几乎让人绝望。那么长的路，没有尽头。所幸一路的沿途风光开始如画卷徐徐铺开。似乎上天给予的补偿。没有融化的山顶积雪映在深蓝的天空下，只有鹰张开翅膀寂静地俯冲而下。山腰上尖顶松树密密地排列，好像深绿色的梦魇，有让人沉堕的浓郁风情。谷底是大片绿色的草原，开满星星点点的烂漫野花。

转场的牧民赶着自己的羊群，牛群，骑在马上开始全家的迁徙。帐篷，被子，一家一当全部放在骆驼背上。孩子也放在马背上。都有一张被太阳灼伤的黑红的面容。目光坚定。他们拥有的东西仅仅就是这些。但他们扎实地拥有着。带在身边。虽然贫穷，但有尊严。

一路都有工人在修路。不顺畅的路途因此维持了喀纳斯的神秘和清净，没有让它沦落成为一个受尽践踏的风景区。目前，还只有一些广东，北京地区的人会千里迢迢地去看望它。

在山顶，我们邂逅一个推着自行车的年轻男子。他骑自行车旅行，走了近千里。问他需不需要帮助，我们可以让他搭车走。他说不用。他喜欢这样看看风景。一张深褐色的年轻笑脸。在烈日和风尘中如鸟一样张开翅膀飞过。

这样一座座山峰穿越过去，就到了最北边神秘的喀纳斯。最先看到的是月亮湾。深蓝夹杂着碧绿的湖水，涌动着天空和树林的倒影。深不可测的寂静。明亮的阳光。满山野花。空气里植物辛辣的芳香。在下车的一瞬间，我的心静止。

住在喀纳斯度假村里。旁边就是土瓦族人低矮的木头房屋。因为在高山顶上，饮食标价很高。卫生间没有热水，洗澡只能用手提热水。旅馆的院子里纵横着一条从山顶流下来的溪水，清冽甘甜，沿着用石块砌出来的渠往山下而去。晚上水的温度寒冷彻骨。正午的时候却可以用来洗衣服，然后把绞干的衣服晾在草地上。草地上盛开着雏菊和蒲公英。

晚上，我们去看夜晚的喀纳斯湖。一条沙石路穿过村庄，沿着山谷伸展向远方。因为时差的原因，晚上十点多的时候，高山上的暮色才逐渐降临。空气已经寒冷下来。周围巍峨的群山无声凝望。偶尔有肤色黝黑的当地小孩骑着高头大马飞快地掠过，扬起一路尘烟。一条从林中穿越的幽深小径把我们带到了水边。木块搭起来的通道泛出白色的微光。没有任何游客，只有两三个开快艇的当地年轻男孩靠在栏杆上聊天。喀纳斯湖是高山顶上的湖泊。是地球清澈的眼泪。感觉自己在微微地颤抖。不知道是因为寒冷还是在永恒面前的无能为力。

在喀纳斯住了两天两夜。晚上在房间里躺下来的时候，看到窗外黑色山顶上的月亮。淡淡地闪烁光泽。旁边的村落早已经没有声音。木头房子里只有幽暗的火光。山上通电，但大部分族人不用电灯。小隆说，那些男人每天晚上都喝得醉醺醺的。又比较封闭，不喜欢和外界沟通，通婚也只在这么一族人里面，所以几乎没有前途可言。我想起的是在从喀纳斯湖回旅馆的路上，碰到放工的修路男人，他们回家，一路都在唱歌和开玩笑。快乐而粗鲁的笑声。是一天辛苦劳作之后的放纵。他们不是上海地铁里下班的白领男人，拎着公文包，一脸不甘愿的疲惫和沉闷。他们的生活就是日作夜息的简单。

但是那又有什么不好呢。世界上的人，有着各种各样的生活方式和命运的轨迹。他们做不得选择。山顶上有小学。天然的草地做足球场。有矮矮的木头房子和大黑板。是我想象中的小学。可以在那里教书和沉静地生活。可惜，他们学的是维语。

爬山是喜欢的事情。我们去湖边的观鱼亭。一路明亮阳光，野花招摇，爬到酣处几乎痛不欲生。没有忘记拿一个大袋子，把沿途的矿泉水瓶子都捡起来。两个男人虽然来自不同的地方，但都有很好的教养。包括一路上搭了很多人，给他们帮助。来自富海的年轻人，草原上两个放学回家的蒙古女孩，抱着小女婴的蒙古妇女，哈萨克族老人，吐鲁番老人，维族年轻女子。都不收钱。只需要他们淳朴沉默的笑脸。比什么都好。人与人之间的关系，有时候就是可以这样的简单和温暖。不容置疑，他们都是出色的旅伴。

离开喀纳斯，我们沿着哈巴河下山。一路经过克拉玛依，伊宁，库车。天气越发炎热。大家强作镇定。只盼望沿途能喝到的冰镇的手工制作酸奶，透彻心扉。

车子空调坏了。音响变调。门缝漏风。一路风尘仆仆。在去往天鹅湖的路途上，我第一次感觉到路的颠簸带来的心情恶劣。那一天我非常累。草原的夜晚寒气彻骨。我们的车一直到深夜十一点才开到山顶的天鹅湖接待站。那里有木头房子和食堂。没有水管洗澡，只能把热水倒进水盆里擦拭身体。

小隆没有和我们同住木头房子。他坚持要去野外搭帐篷。于是剩下我和树。我很快就躺上狭窄的小床。褥子和被子倒是厚实柔软。透过墙壁上的小圆窗，能够看到草原深蓝的夜空和如水的月光。第一次住在草原的野地上，心里还是有异样。我听到树的床嘎吱地响了一下。我说，树，你睡着了吗。他说，没有。

木头房间很窄小，特别黑暗。空气里逐渐透露出暧昧。我们朝夕相处了很久。有时候车子颠簸剧烈的时候，手会有短暂的互相扶持。但很快就放开。他是一个矜持的干净的男人。很明显。他对感情有自己的标准。但是这样的夜晚是不同的。我们在寂静而广阔的草原上。我们离城市和现实非常遥远。我知道。我知道这样的夜晚，我们的野性获得了自由。树在他的床上。他的声音依然镇定和沉着。他说，乔，我要抱抱你。

黑暗中树温暖的陌生身体包裹住我。我在他的脖子上闻到陌生的气味。洁净的男性的气味。他的抚摸出乎意料地缠绵和坚定。一星期之前，他是一个距离我一千公里之外的北方城市里的男人。我们对彼此的历史一无所知。他在那里出生，长大，毕业，工作……他固执地热爱和忠于着北京。如果没有旅途，我们穷其一生都不会邂逅。

但是，这个夜晚，我们拥抱在一起。也许是因为草原万籁俱寂的夜色，月光的清澈和空气的寒冷。借口可以太多。唯一不可阻止的是肌肤相亲的瞬间。他不停低声地问我，你喜欢吗。我说，是，是，我喜欢。我们的姿势因为压抑之后的爆发，更加狂野。当树的亲吻越来越灼热的时候，我抬起头对他说，树。我们不要做爱。

他看着我。他说，好。我起身，摸黑走到水盆前。我的身上都是黏湿的汗水。我用冷水清洗身体。他说，你要感冒的。我说，不会。我感觉到他靠在床上看着我赤裸的身体。我们都没有说话。我爬到另外一张空床上。冷静下来。在黑暗中摸索着，点了一根烟。

他说，不要去判断你是否爱我。乔。我知道你没有。

我不判断。我不是容易爱上男人的女子。

我知道你的心里有很深的一处阴影。乔。你能告诉我吗。

我只是有饥渴症。感情的饥渴症。皮肤的饥渴症。因为没有人可以给我。或者是没有人可以给我那么多。

他沉默。然后他说，我要再抱抱你。乔。

不要。我累了。

过来。他命令的镇定的口吻。

我过去。他再次拥抱我。他的下巴抵在我的头发上，我听到他的心跳。真好。我的身体寒冷地颤抖，在他温暖的手心下得到安抚。那些甜美的柔软的抚摸。身体是绽放的花朵，灵魂是被安慰的孩子。我的眼泪掉下来，渗入他的嘴唇。

他说，我可以娶你。乔。你记得我这句话，我想娶你。

我们已经在回到乌鲁木齐的路途上了。大片荒漠，城市是荒漠中的绿洲。晚上去大排档市场吃晚饭，听到的语言大部分是维语。维族女子穿长筒袜，大花裙子，包着头巾，有华丽矜持的神情。很热。热浪翻腾。大家依然大碗大碗地吃油腻辛辣的食物。吃到最美味的羊肉串。很大块的肉串在铁丝上，黑羊肉鲜美而无腥味。小隆对我说，这里已经属于南疆。旅途即将要结束。

我好几天没有和树说话。我憎恨自己的麻木。我想我会接受他的身体，是因为理性在判断，这是一个干净有教养的可以带来安全和稳定的男子。并且他喜欢我。而真实的喜欢是多么奢侈的事情，当它又有承担的诺言。都市里太多暧昧虚伪的感情，若离若即，自以为高明。但脆弱得经不起一丝怀疑。

我要的，是像天鹅绒被褥一样厚实温暖的感情。严严实实地包裹我。淹没我。但是这个我在路上邂逅的男人，他能给我带来什么。他甚至不能像森那样，停留下来看一场我的电影。因为我们的时间无多。只是一个夜晚。我们给彼此的只能这么多。

树对我的冷漠和喜怒无常保持一贯的淡定。看着我订了回上海的机票，看着我们在乌鲁木齐的酒店里，最后一个夜晚，我背对着他很快就入睡。没有任何话对他说。我的机票是早上八点钟。我拒绝他去机场送我。他中午坐火车回北京。

行李已经收拾好。凌晨三点多的时候我醒过来，看到床边的台灯亮着。树没有睡着。我说，为什么不睡。他说，我的胃痛。不过没关系。老毛病了。我说，对不起。他说，我了解你。你不想让我靠你太近。

我下床，到他的床上，抱住他。他用力把我拥进他的怀里，亲吻我的嘴唇。

我很难过。乔。我不知道自己是否可以这样地失去你。

我们不可能在一起。我无法和任何人在一起。

他抓起我的手，用手指抚摸我手腕上被刀刃划破的伤疤。你对自己不好。

我收回手。我说，它也只是疤而已。

我们之间相处的时间在一点点消失。七点钟的时候，我下楼拦车去机场。天色已经发白。寂静的马路空气还很清凉。树送我到酒店门口。已经有出租车等在门口。我把行李放进车里。他看着我。就像那个草原的夜晚，他在月光里，看着我的裸体，我用冰冷的水清洗身体。我的眼泪突然又涌出来。但我不能让他看到。

坐进车子里面，在玻璃窗后面对他挥了挥手。车子很快发动。带着我，离开了这个也许一生只会来一次的城市。离开了这个男人。街上只有空荡荡的风。

在飞机上我一直在睡觉。睡了很久。醒过来的时候，看到机舱外面的白云朵朵。飞机进入的时候，不停颠簸，云朵变成苍茫的气流。原来并无一物。那些恢弘的壮观的表象都是空洞的。而我的寂寞却是厚重的。即使是在三千尺的高空。

上海闷热潮湿。一场灼热的高温控制了整个城市。每个人都在期待着台风来临。

我重新开始埋头写作。直到某天凌晨三点多的时候写完电影的最后结局。我不能做其他事情。甚至不能回忆。不能等待。过去和未来都杜绝了我。我只有现在。

感觉很饿，准备下楼去二十四小时营业的小超市买东西吃。外面已经下过一场大雨。台风终于来了。风把天空的云朵吹得干干净净。在超市买了香肠、酸奶、一番榨啤酒、小馄饨，还有一条红双喜香烟。我的头痛得发涨。

超市旁边的小理发店还开着门。我提着东西敲门，一个年轻的外地男孩走过来。染了一头金黄的头发，穿着紧身的黑色衬衣。他在看电视，屏幕上放的是美国六十年代的老片子。

我说，还营业吗。

他点头。

好。那就剪个头。

把长头发剪了？

是。

他帮我围上垫布。先开始洗头。沉默而熟练的姿势。他的废话不多，这颇合我意。他的眼睛看着我的头发。我看着电视。满头长发在地上飘落的时候，突然心里疼痛。有很多男人的手指抚摸过它们。它们是被爱过的。而且它们对爱没有恐惧。

一个小时以后，我有了一头十五岁男孩般的短发。头失去了重量感。头痛消失。看到自己变得清秀而瘦削的脸，以及格外漆黑的眼睛。

走上楼道。听到手机响起。是北京的区号。树温和的声音响起。乔?

我说，你好吗。说完这句话的时候，我才觉得我其实是想念他的。我有预感我会很难再遇到这样一个干净理性的男人。他使我感觉安全。虽然他只是北京男人里面非常普通的一员。太普通了。大学毕业，一份刚起步的工作。他的优点都是普通人的特征。

他说，我很好。我想你。乔。

是。我知道。

你回上海以后在做些什么。

写一个电影小说。生活。

下次如果你有再想割伤手腕的时候，记得给我打电话。我会给你和现在截然不同的生活。

怎么样的呢。我坐在台阶上，侧着头对着手机微笑。

结婚生子。踏实工作。朴实生活。有一颗平常心。他镇定地说。

那又如何。

也许你尝试以后会知道自己真正想要的是什么。

为什么一直试图说服我。

因为我尊重自己说过的每一句话。在草原的那个夜晚，我答应过你。

答应过我要娶我？

是。我要娶你。

我深深吸了一口气。我感觉到自己的心在酸楚着。我想起Ben。那个大连男人。他带着我们的结婚证书一去不复返。他给了我全部的自由。带走了我全部的自由。只因为他对我说，我是不会等到那个人的。

我说，我把头发剪了。树。有些事情很容易重新开始，能够把发生抵消掉。但有些事情不可以。没有机会重新来过。

我们始终都会有机会，乔。

是吗。

是的。

那就让我们再看看。时间会给我们答案。我按掉了电话。那一刻我突然想起了高山顶上的喀纳斯湖。我看到它在夜色中寒冷地寂静。那蓝得发绿的湖水。瞬间的永恒。

我走进房间里喝酒。喝了很多。当有一个男人在身边的时候，眼泪是有痛感的，而一个人的时候，眼泪只是液体，没有滋味没有情绪地流下来。我觉得我应该是醉了。眼睛渐渐睁不开。我不清楚喝醉的人为什么不能在那种状态下死去。那会是一种幸福。因为我的不幸福，所以我依然只能是醉倒在床上。

某种结束

南生走出看守所大门的时候，看到乔蹲在街边的水泥台阶上抽烟。农历新年刚刚过完。大街上依然有残余的喜庆气氛。人们过完了假期，已经开始工作。春天淡淡的阳光，透过干枯的树枝倾泻下来。明亮的光线让南生感觉眼睛的刺痛。她抬起手臂挡住自己的眼睛。

乔还是穿着紧身的皮裤，高跟鞋。裹一件镶着珠片的长大衣，瘦削的脸上有浓重的眼线和唇膏。隔夜的疲倦让她看过去很憔悴。她扔掉手里最后一颗烟头，走过来紧紧地抱住了南生。

南生的脸靠在乔的肩上。身体微微地颤抖。说不出话来。

南生。乔抱住她。闻到她肮脏的头发和衣服散发出来的潮湿的臭味。南生，要不要抽烟？乔有些紧张。

南生点头。她的喉咙发不出声音。阳光让她的眼睛剧烈地疼痛着。她看着乔穿过马路，跑到对面街角的小店去买烟。一条黑色的小狗迟疑地走过来趴在她的身边，神情舒坦地晒太阳。湿润的黑眼珠，善意和天真的眼神凝视她。南生蹲下来轻轻抚摩它的鼻子。她的手指蜷曲而生硬。慢慢舒展，开始抚摩一个温暖鲜活的生命。脸上没有任何表情。

然后她摊开手心，伸直手指。掌心上的纹路是一些破碎的杂乱的线条。她转动着手指，目光呆滞。在被禁闭的时候，曾无数次地嗅闻自己手指头的味道。那里散发着血腥的腐烂的气味。是让人恶心的气味。她把手放到自己的鼻子面前，用力地呼吸。直到确信那些气味逐渐在空气里褪却和消失。

就这样在幽暗潮湿的房间里，她蹲了一个多月。和平没有死，也没有起诉她。他只是离开了这个城市。

乔把南生带到南京去。火车一路颠簸，在空旷的田野上日夜穿行。南生不吃饭，也不说话。只是躺在硬卧上蒙头睡觉。她一直在睡觉。没有任何声音，紧闭着眼睛。她要把自己沉浸到没有尽头的黑暗的睡眠里面。乔坐在她对面的铺位上，双臂抱在胸前，守着南生。冬天荒凉的树林在窗外飞快地掠过。乔一支接一支地抽烟。

凌晨一点多的时候，南生醒来。南生的喉咙艰涩地转动着。依然发不出声音。终于她说，我要喝水。乔走过去抚摸她的脸。南生的皮肤滚烫，呼吸浊重。

你发烧了，南生。乔把脸贴在她的额头上。她去找药片和热水。

南生吞下两颗白色的药片，就着她手中的杯子喝完水。南生又躺下去，闭上眼睛。

南生，如果心里很痛，就哭出来。

……

南生持续地昏睡，没有任何语言。她一直在做梦。梦见那条铺满紫色肥厚花朵的路。不知道在何处。她的脚踩上去，听到花朵汁液飞溅的碎裂声音。风很清凉。呼啸而过。天空中一群白色的鸟振动着翅膀飞过。南生犹豫着，听到背后传来唱诗班的声音。那是她童年的时候，在小镇的教堂听到过的歌声。她想转身返回，却感觉双脚无力。而蔓延的汁液却渐渐变了颜色。分明是鲜红的血液……空气里都是血液的腥气和花朵凄厉的清香。

南生呻吟。乔冰凉干燥的手就在她的身边。乔不断地抚摸她。南生。南生。她低声唤她。有温暖的液体一颗一颗地打在南生的脸上。南生嚅动了一下嘴唇，尝到眼泪的咸味。是乔在轻声抽泣。南生努力地想睁开眼睛。她的眼睛刺痛，却流不出任何眼泪。

睁开眼睛，看到车厢里的黑暗。车轮在铁轨上发出刺耳的摩擦声音。窗外是稀疏的星光。有一颗星很遥远很明亮。南生又睡了过去。

回到南京。乔依然住在老地方。回到家第一件事情，就把南生推进卫生间。她的头发和衣服散发着剧烈的臭味。乔说，南生，你先好好洗个澡。把所有的坏东西都洗掉。她把干净的睡衣塞给南生，关上门。

乔守在门口抽烟。里面响起哗哗的水声。南生突然叫她，乔。乔说，怎么了，要我进来吗。她说，不。就不再发出声音。乔拍着门，一边抽烟一边大声地叫，南生，你听得到我说话吗。乐队成员商量过了，搞音乐还是要去北京发展。我们打算一个月以后就离开。跟我走吧，南生。跟我去闯荡江湖。

南生轻声说，你会永远都不结婚，永远都爱我？

是的。我会。乔说，只要你愿意和我在一起。

可是有些事情我无法遗忘。南生隐隐约约地说着话。她的声音轻得似乎在自言自语。那天夜晚和平买牛肉面给我。街上下好大的雪。雪把整条巷子都淹没了。风很寒冷。冷得我骨头都在痛。除夕别人都在看电视。我很饿。他说，吃面吧。他把牛肉面推给我，自己吃一碗阳春面。那碗阳春面上面只漂着几片葱花。他拿起筷子就吃……

南生。停住。乔暴躁地叫起来。不许再提起他。否则我就打你耳光。

南生似乎轻轻地哭。乔靠在门上，一夜无眠的疲倦袭来。她歪着头就想睡觉。突然心里一悸。看到门口流出水，已经浸湿了她的衣服。她悚然地站起来，用力地敲门。你在干什么，南生。开门。

再没有声音回应她。乔满脸恐惧地四处张望。她找不到工具来撬门。她只能抓起一把椅子，拎起来用力地向紧闭着的门砸过去。

南生赤裸地躺在浴缸里，脸仰在浴缸边沿上。湿漉漉的长发像凌乱的海藻。血已经把浴缸里的热水染成了粉红色。她用剃须刀片在手腕深深地划了七道口子。皮肉翻起来，伤痕狰狞。乔把睡衣撕成布条，迅速地把南生支离破碎的手腕包扎起来，紧紧地勒住。然后用毯子裹起她。林南生，我会杀了你。乔浑身颤抖，愤怒地吼叫起来。

南生的喉咙里模糊地发出声音。她说，我又怀孕了，乔。是和平的孩子。我是个没有希望的人。

胡说。你可以把他生下来，我们一起带大他。乔流泪。她说，求求你，南生。你不可以死。她背起南生。南生瘦弱的身体像冲上岸的鱼，伏在乔的背上迟钝而沉重。南生手腕上的鲜血顺着睡衣布条往下滴落。她说，我不能要他。乔，我得给他和我自己自由。

乔趔趄地走到大街上去拦出租车。没有出租车经过。只有偶尔经过的货车飞驰而过。乔站到马路中间，冲着一辆开过来的车灯刺眼的货车，用力地挥动双手。

深夜的大街一片黑暗。冷风呼啸。空中飘起了雪花。

因为身体虚弱，南生在手腕上伤口愈合之后，进行了药物流产。一个星期里，南生被药物的副作用折腾得死去活来。躺在床上，吃不下任何东西。胸口是翻江倒海般的呕吐感。嘴唇烧得干焦。然后在侵蚀到骨头里的寒意和疼痛中，她迎接到了从体内汩汩涌出的鲜血。

鲜血带走了绝望，留下空白的清醒。

在医院里，乔守了南生一个星期。她没有再去演出，不敢离开南生一步。南生醒来的那天，一眼看到窗外堆满积雪的腊梅树。那场大雪下了三天三夜。乔睡着了。脸伏在她的枕头边。她没有化妆的脸看过去憔悴得像个妇人。嘴唇边都是燎泡。南生伸出手抚摸她的头发。乔睁开眼睛，看着南生，眼泪流下来。两个人额头抵着额头，互相微笑。

乔亲吻南生的额头。她说，南生，我爱你。

南生在南京住了一个月。自杀未遂，怀孕流产之后，她的心境平和下来。她在家里写作和阅读。只有文字才能治疗她。一种深切的直接的抵达灵魂的治疗。她看很多书，在乔的房间里到处都散落着书。精神分析，心理学，社会，历史，艺术，也看天文和易经。然后写她的小说，赚些许稿费。有时候去大学听讲座，关于诗歌，音乐和经济。南生感觉自己心的缝隙，在慢慢地愈合。被某种世界的大同和宿命的认知。一点一点地弥补和磨平。

晚上她去看乔的演出。那个脸上涂着亮粉，粘着水晶碎片的艳丽女子，穿着紧身的蕾丝衣服，在舞台上一边唱歌，一边拉琴，一边扭动着纤细的腰肢。等乔表演结束的时候，她就叫侍应送一杯冰水上去。乔和她的成员们已经开始收拾行装，即将北上。

很偶然的，那天在新街口遇见罗辰。春天的气息已经开始弥漫，大街上的人有着被阳光温暖照耀的鲜活的脸。南生走出金鹰百货公司的大门，一眼看到罗辰。那个看过去儒雅斯文的男人。他的身边有一个长发披肩的女孩。他们拉着手。

时间刷刷地回流，南生看到了凤凰的青石板小路。有些人，有些事，原来在生命里只能停留短短的一刻。罗辰叮嘱身边的女孩先进商店，然后他向她走过来。南生，你一直在南京？他问。眼神黯然而柔情地停驻在她的脸上。

南生微笑。太多事情，太多原由，如何说起。她的手轻轻抚摩着自己手腕上的伤疤。

我已经结婚了。南生。

南生微笑。我知道你会很幸福。

是我的同事。刚分配进来。为了我和原来的男朋友分手，我想我应该对她负责。罗辰低声地说。再抬起头的时候，他的眼睛里已经有泪光。南生，我需要一个理由。

南生抬头看着街边的梧桐。树叶翠绿地在阳光下闪烁着光泽，生活的表面平静如常。她想了一下，对他说，罗辰，有些人注定无法彼此相爱。

你一直在南京吗。

不。我即将离开。

我要对你说声谢谢，南生。

为什么。

谢谢你曾经把你生命里的一段时间给我。虽然很短，还未到两年。罗辰俯身抱住南生，亲吻她的额头。然后他仓促地离开。

南生在阳光下站了一会儿。微微一笑，走入人群。

很好。从此他们将再不会相逢。一切已经释然。彼此再次陌路。

南生和乔爬上了紫金山的山顶。中午烈日高照，山顶的树木散发出辛辣的清香。南生站在光滑的大岩石上，和乔一起高声尖叫。巨大的风呼啸而过，吹散了头发。

小镇里最高的山叫大溪岭。南生对乔说。童年时我唯一最爱就是爬到高山顶上。

一个人站在高山顶上恐惧吗。那时候你还小。

不。我至今都记得风呼啸着掠过头发和身体的情形。苍茫大地，寂静无声。

你的灵魂喜欢站在高处，南生。所以你注定孤独。你是不会跟我去的，对吗。就好像你不会嫁给罗辰。你是一个多么固执的人。

南生无言。她的眼神清澈而淡然。停留在一个无人能够到达的空间。然后她清晰地说，乔，我要去找和平。这是我唯一能做的赎罪。我要见他。最后一次。

那是她们在南京停留的最后一天。第二天的早晨，南生和乔在火车站分手。彼此坐上一南一北的火车。乔上北京，南生去广州。

重回广州。

南生找到北京路上的那家餐厅。午后餐厅里空荡荡的，只有虚掩的门反射着剧烈的阳光。南生推门进去，感受到室内的一地阴冷。阿栗从店堂里出来。她依然穿着旗袍，艳丽的容颜，娇好的身材。一张憔悴而坚强的脸。

南生说，我要见和平。

和平不在这里。他走了。

去了哪里。

阿栗看着南生。她慢慢地走过来，靠近南生。她说，你为什么还要过来看他。南生。你应该清楚，和平是一个不懂得如何与人保持长久关系的男人。

南生说，他是我唯一爱过的男人。

他只是你的借口。南生。你对这个世界并无信任和勇气。每一次你都在把和平当作借口。这对他并不公平。他只是一个脆弱的向往正常生活的男人。

你能给他这种生活吗。

是。他以为我可以。于是我也认为我可以。只是你把他的自信再次摧毁。南生。他现在躲避到福建小镇里，不愿意出来。

南生留在阿栗的餐厅里。看着阿栗进进出出招呼客人。她像一枚成熟的果实，充满甜美黏稠的汁液。笑容爽朗，应对自如。生活给她的磨砺没有让她冷漠，只是让她更加坚强。所以她充满母性和坚强。

餐厅一直忙到凌晨两点。

阿栗关了铺子，对南生说，早点睡吧，明天我送你回去。

她就住在餐厅的楼上。她的孩子，那个三岁的小女孩有和她一样的宽额头，浓密头发及漆黑的大眼睛。胖胖的脸蛋红扑扑的，像苹果一样香甜。她叫女儿的名字是珠江。珠江的父亲早已经不知所踪。

他给了我很多东西。阿栗说，那个香港男人，给了我用以谋生的店铺，可爱的女儿和对生活最大限度的忍耐力。我不觉得自己受到欺骗或伤害。他给的都是我所需要的珍贵的东西。她微笑。然后我碰到和平。第一次见到他的时候，他在和人斗殴。满脸鲜血，眼神如兽般狂野。可是我一把他拖到床上，他就睡着了。他像个孩子。

南生，你有真正地了解过和平吗。他向往感情，可并不懂得如何维系感情的长久和稳定。他是一个缺少安全感的男人，需要在阴暗中小心翼翼地爬行。你知道，他是不受逼迫的男人。他本身已经在承担着灵魂中诸多逼迫。

南生躺在床上，听着窗外夜雨的声音。淅淅沥沥的雨声敲打在玻璃上。她闭起眼睛，看到和平。在雪天的面馆里从口袋里摸出硬币的和平，打群架的头破血流的和平，离家出走的和平，在阁楼里抚摩她的裸体的和平，长大的和平，浑身是血的和平……她看着他们一个一个地闪现，离她如此亲近却不可触摸。

她的眼泪在黑暗中悄悄地滑落。

她一夜未眠。凌晨三点左右终于迷糊地睡过去，醒过来的时候是五点。阿栗已经起来，在厨房里准备食物。看到南生，她说，睡得好吗。我在做蛋挞。和平就是我教的手艺。不过蛋挞他做得比我好。

你一直照顾他，是因为爱他？

不。因为他需要被照顾。阿栗微笑。

有个孩子好吗。

孩子会带来希望，以为可以让他们光明而没有缺陷地生活一遍。代替自己生活一遍。

我已经失去两个孩子。他们无法存活下来。

有什么奇怪呢，你与和平是自私的人，习惯为自己而活。而且天生命硬，碰到你们的人是碰到石头的鸡蛋。我也有过和平的孩子，但是没有保住，流掉了。只有你们两个势均力敌。

你原谅了这整个世界的不公和苦难了吗，阿栗。

付出但不要去执著地要求回报。南生。这是最初的最后的真理。

南生在清晨七点离开了阿栗的餐厅。她亲吻孩子红扑扑的小脸，然后把蛋挞裹在棉布里，放进大衣口袋。她的长发凌乱，脸色苍白。一直在不停地抽烟。

阿栗说，南生，你不要去找他。你们之间已经无路可走。

我只想见他一眼。阿栗。然后我会走。我和他兜转了这么久，也到了该彼此各做各事情的时辰。南生说，我不见到他，就无法原谅自己。

那个伤口很深，差点要了他的命。阿栗黯然地摇头。那好，你去见他。

南生转身过去拥抱阿栗。她说，请代我照顾他。代我这一辈子好好爱着他。

南生坐上长途客车。她在车上一直昏睡。车子再次带着她翻山越岭，爬行在村庄和小镇之间。阳光从玻璃窗外照射进来，南生眯缝起眼睛，在玻璃上看到自己疲惫而清瘦的脸。她无法闭上眼睛。一闭上眼睛，往事就历历在目。让她心里疼痛难忍。

车子在一个陌生的小镇停下。司机告诉南生，她已经到了要去的地方。客车扔下她，冒着肮脏的尾气离她而去。

一座城镇傍山沿河而居。河上是一座木桥，桥下的河水翻腾着东去。南生走在僻静的石板小巷上。狗悠闲地晃动着尾巴走过。满街是高大的梧桐树。紫色的桐花有毒药般让人迷醉的清香。南生在一家小店铺里停下来，买了一个烧饼。她问老板，前门街怎么走。老板说，拐两个弯就到了。看到竹筷厂，就是到了前门街。

南生道了谢。她很饿，但是不想吃东西。她把烧饼塞进随身背的旅行包里继续前行。阳光在遍布落花的石板路上照耀。满地都是紫色的肥厚的花朵，有些已经被踩成了烂泥。突然想起来，这个场景曾经在梦中见过。这种领悟让她犹如当头一瓢水浇下来，突然全身冰冷。

她走到竹筷厂的仓库。很大的水泥房子，前面停着几辆大货车。搬运工赤裸着上身，在搬箱子。南方的春天，在正午时候闷热而潮湿。南生想问一下路，但站在旁边无法插话进去。他们很忙。然后，她看到其中一个赤裸着上身的男人直起腰。他的皮肤和身体，她闭着眼睛也认得。

和平慢慢地走到她的面前。看着他。他的脸被太阳照得黝黑，全都是汗水。他的眼神平和，脸上没有任何表情。南生。你还是来了。

南生说，你好吗。

我很好。

阳光就这样在和平剃了平头的短发上闪耀。明亮的无处不在的阳光。南生头晕，浑身发软。她很想有一张床能够躺下去。她觉得自己马上要睡过去。就像童年的时候，在那个下雨的冬天夜晚。在火葬场的殡仪馆里，她在一大堆的陌生人里，看着父亲额头上的一块血斑。她也是这样地疲倦。又饿又困。然后，有一个面容英俊而冷漠的少年走向她。他带走了她。

二十年以后。他们在异乡的小镇里相对无言。只有阳光宛如宿命无可替代。

那一晚，南生睡在和平的房间里。他住在工厂宿舍，一间阴暗的小屋子。里面堆着很多的书。南生说，你现在开始看书了吗。

和平说，和这个世界开始无法对话的时候，就觉得该找条出路。南生，你是让我对这个世界感觉恐惧的人。

你一点点赎罪的机会都不肯给我吗。

我们每个人的罪都只能背在身上。如果你心怀歉疚，就离开这里。好好地生活。

你打算一直在这里？

是。不想见到任何人，想起任何事情。在这里很好。和平温和地说。

南生慢慢地转身走去。曾经桀骜的和平。他的心死了。她终于说，对不起，和平。

不。不要说对不起。南生。我们不是彼此的救赎。南生点头。她说，好，我回去。我不会再来看你。她走出去，用手扶住和平的头。她说，我这样爱你。和平。

南生，我不是能和你一起走下去的人。任何人都无法穷其一生在一起。除了特别幸运或不幸运的人。

南生点头。她的眼泪掉下来。和平揽住南生的头。你一直是个孤独的孩子，南生。但你要看看这个世界，不要与它为敌。地球在永恒里面，也只是一颗孤独的蓝色星球而已。没有什么是我们可以依靠的。你不需要任何人。你足够强大。你只需要给自己一个希望。

南生第二天离开了小镇。是凌晨的时候，和平睡着了。南生把被子拉过来盖在他的身上。她蹲下来仔细地凝望他。她确定这张脸从此会在她的生命里彻底消失。包括那些雪天和小阁楼的回忆，以及她的童年，少年……从此一去不复返。她双手空空地走出了屋子。外面依然有淡淡的漫天星光。她关上门，顺着来时的路轻轻走过去。

在寂静的街头，南生蹲下来，用双臂抱着自己，抽了一根烟。一个小时以后，她等到第一班路过小镇的客车。她抬起手挥动，然后上了车。

车子爬行在崎岖的盘山公路上。当阳光透过玻璃窗照在南生的脸上，南生的困意来临。她的眼角微微掀动了一下。因为她看到一群飞鸟。它们缓缓地兜着圈子，低声鸣叫着。然后消失。温暖的春风掠过。像一双手，轻轻抚摩南生的脸，吹散了她的头发。南生睡着了。

去往别处的路途

外面在下雨。

窗外是哗哗的雨声。一切恍若隔世。我感觉自己走过了一条漫长的隧道，到了苏醒的路口。这就是我重新面对的时间。透过窗帘的缝隙，看到外面的黄昏。天空的颜色很淡，城市陷入在一片混沌之中。

我看到一间墙壁刷成白色的房间。大盆的羊齿植物。深软的沙发。立地灯。地毯也是白色的。这不是我的单身公寓。

森回来了。

拉开衣柜。在一整排的白色棉布衬衣里，随手挑一件。进旁边的小浴室洗澡。热水淋湿了头发，顺着脸上的皮肤往下流淌。脑子里清醒过来。

这是森第一次带我来他的家里。和我设想中的一样。用纯白做主色调，简洁干净，一尘不染。没有女性化妆品或衣物。没有插花。没有刺绣布艺。没有任何暧昧气息的冰冷居室。开始相信真实就如同他所表现的，他没有妻子或女友。他只是一个喜欢擦杯子的开酒吧的中年男人。

只看到柜子上有一张用银相框装饰的照片。黑白照片。已经发黄。一个英俊的欧洲男人，年轻，眼睛微微地眯起来，笑得天真烂漫。穿邋遢的旧牛仔裤和衬衣，坐在广场的喷泉旁边。照片里是明亮的陈旧阳光。

踩着纯白羊毛地毯下楼，整幢楼房，三楼是卧室和书房，二楼是客厅和厨房，一楼是他的酒吧。森睡在客厅沙发上。白色纯麻窗帘低垂下来，房间光线阴暗，像封闭的盒子。只听到滂沱的雨声。他光着脚，用靠垫做枕头，身上盖着薄薄的棉毯。

走过去，坐在沙发旁边的地毯上，点了一支烟。房间像深深的海底。我抽烟，看着这个男人。他的脸上已经有了时光沧桑的痕迹。轻轻地把嘴唇贴在他的手指上。他睁开眼睛。

为什么我会在这里?

我从机场回来，打电话一直不应。到公寓楼看到钥匙插在门口。房间里拔了电话线，窗户洞开。你裹着棉被躺在床上发烧，地上满是酒瓶和烟头。你不照顾自己。你的生活太危险。

我说，那你怜悯我了吗。

你需要吗。他镇定地看着我。

为什么你过了好久才回来。

家里有事处理，出现一点麻烦。

故事已经全部写完。

我看了。他顿了一下，好像不是我感觉中的结局。

你感觉中是怎么样。

他不回答。他说，我走得这么久，一切都好吧。你有闯祸或丢失什么东西吗。

我结婚了。我还去新疆兜了一圈。

结婚？他狐疑地看我。结婚了还一个人住在单身公寓里？

我的男人带着结婚证书跑了。

他摸我的头。乔。为什么你一再犯相同的错误。

我笑。很奇怪，森，我们相处这么久，居然一直都未曾爱上过对方。有时候觉得自己并未把你当成一个成年男人。

那当成了什么。他饶有趣味地看着我。

不知道。我未曾去了解。

新疆的旅行带给你意义了吗。

没有意义。觉得人走到哪里都是一样。灵魂一直被局限。

我十年前就开始全球的旅行。觉得我们是在无谓地挣扎。像玻璃缸里的鱼。

我只想去一个小海岛看看。在东海上。

为什么。

想看看冬天的大海。和你一起。

他看着我。他的眼睛里有怜惜。然后他伸手过来抚摸我的头发。为什么把头发剪短？

因为以为自己可以重新开始。

我们搭上了去海岛的客轮。

海上航行的时间约为十个小时。要在客船上过一晚上。船上很空。冬天没有人去看海。海岛只有在夏天的时候，才有旺盛的旅游业。

森说，还记得你刚来酒吧的时候。走进来，坐上凳子，漠然的避世的一张脸。先要一杯酒。然后把棉衣往两边一拉，里边只穿着一件皱皱的黑色棉衫。那时候觉得你和其他女孩子不一样。

我说，有什么区别呢。我和她们一样地浮躁，脆弱。对生活充满欲望，又容易破碎。

我趴在栏杆上给自己点燃了一支烟。这一瞬间我是平静的。旅行总是能够带给我平静。也许是出发的感觉太类似于希望。深夜九点左右，客船长鸣一声，缓缓离开港口，顺着夜色中的黄浦江朝东边行驶。外滩迷离绚丽的霓虹倒映在江水中，像倒翻的颜料，逐渐冰凉，无可挽留。这个庞大华丽的城市，慢慢离我们而去。最终在黑暗的夜色中消失。

我说，船会经过我成长的城市。

森说，你想念它吗。

我说，不。我只是想在路过的时候看它一眼。只是看看。

江上起了风浪。船开始颠簸。我们买的是一等舱位。两个人住。打开门就可以看到船头的甲板。森关紧了门窗，盖上毛毯。他说，外面风太寒冷，你不要出去。好好睡一觉。我躺在床上。黑暗中潮水在翻涌。半夜森起身，走到我的床边。黑暗中轻轻呼吸。我闭着眼睛不发出声音。他俯下身把毯子往我身上拉了拉，然后在椅子上坐下来。

你睡不着吗。

他说，你也没有睡着。

我怕睡过了看不到它。

快到了吗。

快到了。

小时候你最大的心愿是什么。

黑暗中有个人在我的身边。看着我。

像现在这样?

是。

船经过那个城市的时候，只看到夜色中的码头。隐约可见的楼房的轮廓，还有岸上昏黄的灯光。我趴在栏杆上看着船慢慢地经过。寒风刺骨，吹得我颤抖。森在旁边沉默地伫立。

这是一个怎样的城市。他说。

在东海边。夏天有台风。街边长满了高大的梧桐树。俗气的城市。很多暴发户。还有出名的人，祖籍在这里。因为出走的人都充满倔强。他们吃海鲜长大，很聪明。

你为何离开。

因为要跟着心的声音走。它告诉我，我该去远方。

然后一直没有回家吗。他问。

在那里已经没有住的地方了。已经习惯和自己的灵魂一起住。

城市。城市是埋葬着往事，记忆，幸福，疾病，欲望，精液和气味的洞穴。城市是过渡着时间的路途。没有目的。没有终结。

然后我又睡着了。我在梦中握住了男人的手。他温暖的手指像水一样流过我的肌肤。我的心里回响着无声的渴望。眼泪流出来。看着他。森轻轻地把手蒙在我的眼睛上。我的眼皮下全是温暖的泪水。

不知道从什么时候开始，常常会没有因由地流下眼泪。眼泪不带有悲欢的情绪，只是温暖的液体，涌出眼眶，然后在脸上滑落，在皮肤上留下干涸的痕迹。我想我并非一个悲伤的女子。掉眼泪只是一种现实。就像一个人吃食物太急迫会打嗝。我的眼泪是廉价的。当它流得太多或有时候吝啬得面无表情的时候。

下午的时候我们抵达了海岛。和开巴士的司机讨价还价，然后上了他破旧的车子。

岛上的空气清凉，带着些许海水的腥味。游客不是很多，到处是脱落了叶子的树林。我带着森在海边堤岸上的一个路口下车。下面就是细沙的海滩和冬天浑浊的大海。潮水汹涌，寒风凛冽。

走到村子里的农家。客房在二楼，陈设很简单，一个房间四张单人床，床头的小柜子放着热水瓶。碎花的棉被。推开窗就能看到大海。房东已经准备好简单的晚餐。土豆，粉丝，带鱼和卷心菜。我说，这是你不常吃的菜。在浙东沿海，我们就吃这个。吃完饭，我们去海边走走。

海边非常冷。淡淡的月光下，一条灰白色的沙石路回旋着延伸到远处的树林。走下石头台阶，就到了海滩上。大海的潮声就在耳边。没有其他人。空寥的影子慢慢地向前移动。

我说，第一次来，是学校里的春游。那时候我读高中。住在寺庙里，房间是木结构的，走路时会发出很响亮的回声。晚上坐在海边的礁石上，然后下起大雨。一路跑回来。躺在床上，听到外面走廊上不断有同学走来走去，发出快乐的声音。窗外有雨声和树叶晃动的声音。我觉得自己喜欢这个地方。想某一天会带一个人来这里。要一直坐到天亮。

我们也许无法到天亮。太冷。你会生病。

我知道。生命里有些事情总是难以如愿以偿。

我们坐在礁石上，看着深夜的大海。海水在月光下晃动，已经看不到边际。我抽出一根香烟，用手围住打火机点上。我感觉自己在颤抖。烟头明明灭灭。风把头发吹乱，遮住了脸。我低声说，抱住我，森。

他的怀抱包围了我。他的黑大衣有古龙水的味道。他把我的头揽到怀里，下巴轻轻搁在我头顶的头发上。

你在想什么。我说。

南生。

你不喜欢她的结局？

结局只是一个合理的安排。

有另一个结局。南生把和平带到N城。他们住在三十一层的房间里。那个夜晚是除夕。和平坚持第二天要走。他喝了很多酒，半夜醒过来的时候头痛欲裂，发现南生跪在他的床边，她手里的刀深深地插入他的腹部。她用手指涂抹他的鲜血，爱惜地抚摸他。窗外那一刻烟花绽放。除夕迎接新年的时间已到。绚烂光芒照亮天空，照亮南生如花盛放的脸。她说，和平，你会用你的一生来记得我。因为我要让你感觉到疼痛。你不会忘记我。

整张床已经被血泊淹没。南生剖开了自己的肚子，以坚定沉着的手势。她想取出自己的孩子。因为她怀孕了。是和平的孩子。

然后呢。

他们被一起送进了医院。和平痊愈。南生终生残废。她再也不能生孩子。和平和阿栗去了国外。但半年后和平死于一次酒吧里的斗殴。

南生呢。

南生下落不明。

森沉默。他说，是你说的，很多人都是在寂静的绝望之中，只是并不自知。所以他们结局究竟如何，并不重要。

夜晚狂暴的潮声和寒风淹没了我们的声音。黑暗是永恒的，广博的，无法抵抗的力量。

在海岛上住了三天。然后我们准备坐船回上海。

在船上我开始发烧，躺在床上无法行动，晕痛的头加上海上起风，一直呕吐。森不睡觉，整夜地陪着我。他温暖的手掌一直紧握着我。我开始低声地说话，意识模糊。

半夜的时候，他喂我吃药片。身上终于有些许黏湿的冷汗。

他说，乔，你的身体不好。太容易发烧。

可能我对疾病过于敏感。

你在叫和平的名字。你在自己的小说里沉浸了太久。该把它结束。

它已经结束。

你有时候让我很担心，你心里有一块黑暗的东西。

你看见它了吗。

我懂得你。不是理解，不是知道，仅仅是懂得。

每个人都是要过下去的，不管按照什么样的方式。每个人都试图在按照自以为是的幸福标准生活下去。有时候这种感觉过于荒凉。生命只是风中飘零的种子。在时间的旷野里失散。一瞬间就不见了。我对森微笑。我说，森，为什么我觉得我们不是回上海。我们好像是要到很远的地方去。

森走出去。他在外面吹着冷风抽烟。我从未曾见过他抽烟，但那天晚上，他做了。然后他回到房间里。他说，乔，你想和我一起去英国吗。

我看着他。他的神情很平静。

他说，我想你应该早就明白我的性取向。我唯一爱过的一个男人，是一个法国人，在七年之前死于一次飞机失事。那时候我在伦敦，他在巴黎。他时常坐飞机赶来赶去，直到一天消失不见。我无法在伦敦继续下去，因为那里有太多记忆。于是回到上海。那年我三十岁。父母都在英国，虽然相隔遥远，但他们希望我早日成婚。因为我一直对他们隐瞒实情。

这次回去，是因为家父已经得了绝症，时日无多。母亲提出希望我能够让他如愿。他看着我，他说，我们去英国。我告诉他们，我们已经结婚。然后回来，选择任何一个你喜欢的城市。在一起彼此自由，互相照顾。

我说，那就是说你始终都不会爱上我。

你需要吗。乔。他说，你要的是彼岸的花朵。盛开在不可触及的别处。

回到家里。听到小至的录音电话。她模糊的声音依然有清甜。她说，乔，我还在加德满都。我喜欢这里，在一个美国人开的酒吧里打工。他的酒吧大概还能开三个月，然后就去非洲。荷兰男人走了。我独自看夕阳。你有空就来找我。我三个月里会在。

还有卓扬。太久没有他的声音了。他说，乔，我想见到你，你能不能回电给我。

我想了想，还是去见他。我有预感他会和我告别。在某个瞬间，我确定他爱过我。是真诚的感情。我出门。到他在淮海路的高级写字楼，等在大堂里。然后看到卓扬从电梯里出现。

他穿着三件套的西装。看过去已经是个像模像样的白领，脚上的皮鞋刷得很干净很亮。他已经不再是那个穿黑色T恤满脸清新的男人。很久未见的卓扬。想起他皮肤上淡淡的青草气味。我们就是这样苍老的。从时光的彼端辗转到另一端。就是这样苍老。

乔。他点点头。他说，你的头发剪短了。

不好看了是吗。

你怎么样在我眼里都是好看的。

我笑。他还是那个温情的孩子气的上海男人。我俯过去亲他的脸。他没有躲闪。

他说，我下周要出国了。去法国。

手续都办了吗。

是的。他说，生活越来越麻木了，再没有变化，就跟死了一样。

等老了以后再开一家音像店吧。找些好片子。

他黯然微笑。大概不会回来了。和羊蓝一起去。她喜欢法国，希望在那里定居。

你们结婚了？

快了。

以后要把她抓牢一点，免得再发生意外。

随便吧。很多事情不是想怎样就怎样。我们都无能为力。他看着我的眼睛。他看过去是疲惫的。

我们走进咖啡店去买咖啡。他说，小至会回来吗。

大概不会。她是个盲目的人，不知道自己要什么，所以走在路上较好。

你呢。你如何安排你的生活。我听说有一个有钱的男人在追你。

我笑。没有。哪有这种好事。

我不可以告诉他，这个男人可以给我任何我想要的东西。只是不会给我爱情。世界上从无完满的事情。

他看着我。他说，乔，你还和以前一样。郁郁寡欢，但从不犹豫。有一段时间我真的非常想和你在一起……

卓扬。我阻止他。旧事切莫重提。我不是一个运气好的人。幸福总是被我赶跑。

你的电影故事是否已写完。还准备给那个导演吗。

不给。他大抵拍不好看。

那写来作甚。

因为，我微笑，因为我把它放给一个人看。写一场电影。在一个人的电影院里。等一个陌生人进来。然后放给他看。

看完之后呢。

看完之后，曲终人散。

你是不是打算离开上海？他突然盯住我的眼睛问我。

我说。是的。在这里已经没有我可以停留下来的理由。

我会再也不会见到你吗，乔？他看着我。

为什么要见呢。很多人不需要再见，因为只是路过而已。遗忘就是我们给彼此最好的纪念。

我开始收拾行装。太多的东西：衣服，部分家具，大量书籍，香水瓶，植物……都不准备带走。身外之物，也是有缘相会，时限一到就只能剥离。慢腾腾地把手提电脑放进包里，把最喜欢的几本书和几张碟片放进去。再放进一些衣服。给房东打电话。

水电煤气费全部付清了。押金，还有一些家具及用品全部留给你。我说。

不是说会住两年吗。你才住了几个月。

够了。差不多就这个时间。

要离开上海吗。

是。

以后还回来吗。

估计不会。这里不是故乡。我笑。

可是故乡又是在哪里呢。已经回不去了。故乡就是回不去的地方。

我的旅行箱里放着那张报纸。是天桥的乞丐给我的。采访一个在深山里教书的北京男人。他离开了城市。他说，殊途同归。在很小的时候，我的理想就是教书。和孩子在一起。孩子是天堂里的花朵，还未染上尘埃。生命只有这短暂的瞬间远离了悲欢。多么好。看着他们纯真无邪的笑脸。只是一个人的理想注定和自己无关。做的总是不相干的事情。

我在街角用手心护着打火机点了一根烟。在地铁站买了一杯热鱼丸，和很多路过的顾客一样，对着木头柜台，站在那里把鱼丸吃掉。下了车的大批行人如潮水一样在我的身后涌过……这就是我停留了两年的上海。阳光在高大建筑物的狭窄缝隙里移动。行人步履匆促。天空很蓝，阳光很淡，这是我所居留过的城市。它的繁华和没落，它的风情万种……我从未曾见过比它更冷漠更华丽的城市。它高耸的楼群，如果在三十多层的大厦往下看，就如同魔术师变出来的奇迹，似乎可以在瞬间消失。海市蜃楼般的壮观。

城市的寂寞如同深海。坠入深海，没有声音。

走进地铁。地铁在城市的地下轰隆隆地前行。我和一群去火车站的外地人在一起。他们高声喧嚣，谈论购物的经验和成果。很多人来这个城市只是为了购物。而我在这里生活，写作，遭遇陌生人。然后离开。所有的离开都是一样的。

闭上眼睛，脑子有微微的晕眩。我想象自己独自站在高高的山顶。灼热的阳光直射下来，云在呼啸的大风中快速地移动……我听到心里变得清晰的声音。我知道我的去向。就如同知道我曾经为何来到这个城市。

买了票。离火车出发还有半个小时。在附近的小店铺里转悠，买了一瓶矿泉水和两份平时常看的报纸。看到街边的电话亭。走进去，拨了号码。

森，是我。

我一直在等你的电话。

我已经把电脑里所有的文字清除。

你在哪里。他敏感地压低了声音，你要走了？

是。

电影放完了。散场了。人也该走了。我知道。他说。

森，这一块硬币我还给你。我用它给你打了电话。

我的建议呢。

我想我爱你。森。所以我不能以不爱的方式和你在一起。对不起。

我需要你，乔。不要走。

我微笑。我唯一感谢上天的事情是，它把你安排给了我。让我能够对你说出我心里的那场电影。因为只有你，才能做我的观众。

他沉默。我们永不再相见吗。

这是时间的问题。如果某一天，我回来。你的酒吧还在，我会进来喝杯威士忌加冰。你的酒很好，总是让我醉。

你去哪里。

别处。我已经很累。森。我要收起电影，找个可以安顿的地方和人，让自己歇息。

你找得到吗。

应该会。我微笑。我们都在找。去彼岸观望来路。也许会有所不同。

我挂掉了电话。我听到森低沉的声音，他还想说什么。但是一切都突然地静止。他来不及。在我们彼此停留的时候，所有的发生都迅速地消失了。

抱起旅行箱，走出电话亭。外面下起了雪。

周围是川流不息的陌生人。我再一次发现，丧失自己的历史，记忆，感情，家，如同重生。它让我的空虚获得拯救。让我穿越时间，抵达另一处的空虚。

很多人的影子在我眼前闪过。那些靠近我的人，和我肌肤相亲的人，和我彼此拥抱和倾诉的人，和我一起观望彼岸花朵的人。他们的灵魂是我过河的石头。我曾在跋涉的过程中短暂停留。

站在街口观望。这是这个冬天，上海的第一场雪。伸出手心，冰冷的雪花融化。二十多年的雪花始终一样。这是无法更改的永恒。马路对面，突然出现一个男人模糊的影子。穿着一件蓝咔叽布的中山装，头发蓬乱。他带走了我生命里永恒的等待。等待着一个注定离散的人。然后让我相信，对岸也总是有一个人在等待着我。我们在空虚的两端抗衡。

我眼含热泪，定住眼睛凝望。男人的影子消失。这一刻我终于平静而愉悦。

裹紧大衣，拎起箱子，穿越逐渐大起来的苍茫飞雪，走向深夜灯火通明的车站。出发的时间已到。

［全文完］

庆山

作家

七十年代出生

曾用笔名安妮宝贝

出版作品

短篇小说集 《告别薇安》
散文及短篇小说集 《八月未央》
长篇小说 《彼岸花》
摄影散文集 《蔷薇岛屿》
长篇小说 《二三事》
摄影散文集 《清醒纪》
长篇小说 《莲花》
散文及短篇小说集 《素年锦时》
音乐合作小说 《月》
主编文学读物 《大方》
长篇小说 《春宴》
散文集 《眠空》
对谈及文化随笔 《古书之美》
散文集 《得未曾有》
散文及短篇小说集 《月童度河》
摄影集 《仍然》
散文集锦 《镜湖》

微博：http://weibo.com/annepadma
微信公众号：Annepadma
邮箱：orchid711@163.com

彼岸花

产品经理｜王　鹤　装帧设计｜付诗意
监　　制｜应　凡　责任印制｜路军飞
技术编辑｜顾逸飞　出 品 人｜吴　畏

图书在版编目（CIP）数据

彼岸花 / 庆山著. — 天津：天津人民出版社，2018.10（2018.11重印）
ISBN 978-7-201-14127-5

Ⅰ. ①彼… Ⅱ. ①庆… Ⅲ. ①长篇小说－中国－当代 Ⅳ. ①I247.5

中国版本图书馆CIP数据核字(2018)第209312号

彼岸花
BI AN HUA

出　　版　天津人民出版社
出 版 人　黄　沛
地　　址　天津市和平区西康路35号康岳大厦
邮政编码　300051
邮购电话　022-23332469
网　　址　http://www.tjrmcbs.com
电子信箱　tjrmcbs@126.com

责任编辑　张　璐
产品经理　王　鹤
装帧设计　付诗意

制版印刷　北京盛通印刷股份有限公司
经　　销　新华书店
发　　行　果麦文化传媒股份有限公司
开　　本　880 × 1230毫米　1/32
印　　张　8.25
插　　页　2
印　　数　10, 001–15, 000
字　　数　184千
版次印次　2018年10月第1版　2018年11月第2次印刷
定　　价　49.80元